Modigliani, mon amour

Olivia Elkaim

Modigliani, mon amour

Roman

Aus dem Französischen
von Judith Petrus

ebersbach & simon

Dezember 1916

Gestern Abend habe ich mich in Amedeo Modigliani verliebt.

Ich stieg die enge Treppe der Akademie Colarossi hinunter. Ein eisiger Wind wehte durch die geöffneten Kippfenster.

Ich hatte es eilig, nach Hause zu kommen. Mama würde den gusseisernen Kochtopf mitten auf den Tisch stellen und Papa das Tischgebet sprechen, bevor sie das Essen austeilte. Wir würden schweigend essen, nur von unseren Kaugeräuschen begleitet. Dann würde ich mich unter der Mohairdecke ausstrecken und zuschauen, wie sich allmählich der Dunst auf den Scheiben der Wohnzimmerfenster ausbreitete.

Ein ruhiger Abend.

Im Halbdunkel bin ich ihm begegnet.

Ich trug meine Zeichenmappe in der einen Hand, den Mantel und den Wollschal in der anderen und unter dem Arm mein lackiertes Holzköfferchen mit den Deckfarben.

Wie ungeschickt ich sein kann.

Schon immer ist mir mein Körper im Weg. Ich weiß nicht, wo ich meine Arme lassen soll; ich halte den Kopf schief, lasse mir keine Gefühlsregung anmerken; und dazu noch meine linkische Körperhaltung, die X-Beine, der dicke Bauch … Keine Spur von Anmut! Ich lasse die Schultern hängen, in der Hoffnung, dass man meine Schönheitsfehler nicht entdeckt, und wünsche mir manchmal sogar, mich in Luft aufzulösen.

Die einen sagen, ich sei blond, die anderen, ich sei dunkelhaarig. Niemand sieht mich so, wie ich bin.

Gestern Abend war ich derart beladen, dass ich keine Hand frei hatte, um mich am Geländer festzuhalten.

Ich sagte zu mir, ›Jeanette, setz einen Fuß vor den anderen‹, als ob ich die ersten Gehversuche machte. Wie ein Kleinkind! Los, einen Fuß vor den anderen, halt das Gleichgewicht. Ich hätte eine helfende Hand gebraucht, die von Mama oder meinem Bruder André.

Im Dunkeln tauchte eine Gestalt auf.

»Hältst Du Selbstgespräche?«

Die anderen Schüler drängten sich an uns vorbei und das trockene Holz der Treppenstufen knarrte unter ihren Schritten.

Einige Mädchen lehnten wartend am Treppengeländer. Die eine oder andere öffnete unauffällig den Mantel und bot ihren nackten Körper den schwieligen Händen der Künstler dar. Meine Brüste für drei Sous, für eine warme Mahlzeit.

Doch wir standen uns gegenüber, als wären wir allein auf der Welt.

Zuerst habe ich den roten, grobmaschigen Wollschal bemerkt. Dann die Hose, die Weste und das braune Samtjackett, elegant, aber voll gelblicher Farbflecken. Schließlich die großen, schmutzigen Hände und die Fingernägel mit den schwarzen Rändern. Dichte Brauen, ein unwiderstehlicher Blick aus dunklen Augen.

Ich senkte die Lider, als unsere Blicke sich trafen.

»Sieh mich an!«

Wie vertraulich das klang.

»Sieh mich an, *principessa*.«

›Ganz schön dreist, dieser Typ‹, sagte ich zu mir im selben Tonfall wie André, wenn er verärgert ist, und trat ins Leere.

Mit einem dumpfen Geräusch fiel ich hin.

Völlig aufgelöst lag ich am Boden, die Farbtuben aus dem Köfferchen gefallen, der Inhalt meiner Zeichenmappe überall verstreut. Meine Kohlezeichnungen, meine Aquarelle, alles lag herum, selbst die kleinen Werke meines Bruders, die er mir anvertraut hatte, bevor er an die Front aufbrach.

»Ich heiße Amedeo Modigliani«, sagte er, als er sich zu mir herabbeugte.

Es durchfuhr mich heiß und ein Gefühl von Scham erfasste mich bei der Vorstellung, dass dieser Mann meine Zeichnungen sehen und sich mit seinen Künstlerfreunden und den Akademieprofessoren darüber lustig machen würde. Ich hörte schon, wie sie sich das Maul zerrissen: »Mädchen, die malen, sind schlimmer als Sonntagsmaler. Sie haben ihre Nerven nicht im Griff, wie sollten sie da gekonnt mit einem Pinsel umgehen?«

Er aber fing laut an zu lachen. Er ließ sich ganz dicht neben mir nieder. Seine Haare rochen nach Tabak und Terpentin. »Ich hebe das für dich auf und morgen treffen wir uns hier zur gleichen Zeit wieder. Erkälte dich nicht.«

Amedeo Modigliani half mir beim Aufstehen, beim Einsammeln meines Materials und in den Mantel. Dann schlang er mir kurzerhand seinen Schal um den Hals. Meine Zöpfe verhedderten sich in der Wolle und plötzlich vermischte sich sein süßlicher Geruch mit dem Ambra-Parfum auf meiner Haut.

Ich war wie vor den Kopf gestoßen.

*

Es war höchste Zeit, nach Hause zu gehen. Durch die menschenleere Rue Notre-Dame-des-Champs, die nur spärlich beleuchtet war von den bläulichen Lichtern der Straßenlaternen. Weitergehen trotz der Schatten und der Furcht, dass ein Wahnsinniger mir die Kehle durchschneiden und meine Leiche hinter einem Zaun verscharren könnte.

Die Statue von Marschall Ney vor der Closerie des Lilas grüßen: »Guten Tag, guten Tag, Fürst von der Moskwa. Vor zehn Minuten hat mich eine Kugel mitten ins Herz getroffen.« In meinem Innersten brodelte es, mein Herz klopfte bis zum Hals und drohte zu zerspringen.

Ich weiß nicht mehr, wie ich heiße.

Ich weiß nicht mehr, wer ich bin.

Ich unterhalte mich gern mit den Statuen, den monumentalen Bronzefiguren von Rodin, auch mit den matt schimmernden Königinnen im Jardin du Luxembourg. Sie wirken warm und lebendig unter der Bronze oder dem Gips. Die Worte kommen aus ihren geschlossenen Lippen.

»Ich habe mich soeben in Amedeo Modigliani verliebt und ich buchstabiere seinen Vor- und Nachnamen, A-me-de-o-Mo-di-gli-a-ni.«

»Liebe auf den ersten Blick«, rief Marschall Ney mit Donnerstimme von seinem Podest herab. »Geh, junges

Mädchen, geh deinen Weg und lebe.« Mit gezogenem Säbel zeigte er mir den Weg am Militärhospital Val-de-Grâce vorbei über die Rue Gay-Lussac und die Rue d'Ulm.

Die Kälte ließ meinen Schritt langsamer werden und meine Gedanken erstarren.

Liebe auf den ersten Blick gibt es nur in Romanen.

Liebe auf den ersten Blick gibt es nicht.

Schließlich kam ich in der Rue Amyot an.

Jetzt sitzt du in der Klemme, Jeannette.

Die raue Stimme meines Bruders André übertönte meine.

Bevor ich die Tür zur Wohnung aufstieß, ließ ich den Schal im Ärmel meines Mantels verschwinden. Wortlos, mit unbeteiligtem Blick. Ich tat, als sei nichts geschehen.

Die Eltern hatten schon mit dem Abendessen begonnen. Ich setzte mich und breitete die Serviette auf den Knien aus. Sie beobachteten mich schweigend. Um mich zu beschäftigen, nestelte ich an meinen Zöpfen herum.

»Du kommst zu spät, Jeannette. Wir schätzen es nicht, dass du dich allein draußen herumtreibst.«

Mama fügte mit verkniffenem Mund hinzu: »Du bist ein Mädchen, ein sehr junges Mädchen.«

Ich konzentrierte mich auf die Kaugeräusche von Papa und das Tick-Tack der Pendeluhr auf dem Kaminsims.

»Du bist erst 18 Jahre alt.«

Der kleine Zeiger auf dem Zifferblatt holte den großen ein. Es schlug 19 Uhr.

Ich brachte keinen Bissen herunter.

Wir essen zeitig, denn Papa macht den Laden früh auf. Es ist noch dunkel, wenn eine Lampe in der Kurzwaren- und

Trikotagenhandlung angeht, auf deren Schaufenster sein Name in kursiven Lettern zu lesen ist, *Achille Hébuterne.*

Nach dem Abendessen bringt er auf den Schaufenstern die Verdunkelung an, jeden Morgen entfernt er sie wieder. Eine übertriebene Vorsichtsmaßnahme, denn in Paris sind wir vor Bombenangriffen in diesem Krieg sicher.

Dann blättert er in kartonierten Büchern. Biblisches Gemurmel, Texte des Abbé de Lamennais.

Wie langweilig, sterbenslangweilig!

Mama und ich stricken schweigend.

Ich schneidere meine Garderobe selbst – Kleider mit viereckigem Halsausschnitt, weit fallende Mäntel, lange Westen, die meine Formen verbergen. Vor einigen Tagen habe ich einen Poncho genäht, in dem ich wie eine Squaw aussehe.

Ich finde mich nicht besonders hübsch, deshalb lege ich Wert auf einen persönlichen Stil.

Gestern Abend habe ich mich, unter dem Vorwand, müde zu sein, in mein Zimmer zurückgezogen. Ich legte mich hin, den Kopf auf dem Schal von Amedeo Modigliani. Ich schloss die Augen, und in meiner Verliebtheit gelang es mir, die Szene in allen Einzelheiten wieder aufleben zu lassen.

Es war köstlich.

Es war wirklich.

Ich vergrub die Nase in der Wolle und nannte seinen Namen, als ob ich ihn damit leibhaftig in meinem Zimmer heraufbeschwören könnte.

Meine Eltern, meine Vettern, vor allem André, sie alle nennen mich Jeannette, Nénette oder »Kokosnuss« wegen der Adern, die auf meiner Haut durchscheinen und mir eine blutarme Blässe verleihen.

Principessa. Ich habe versucht, mich an seine Stimme zu erinnern, an ihre feine Musikalität.

Doch all das entglitt mir. Amedeo Modigliani verschwand mit der Nacht.

*

Früh am Morgen denke ich an all das, was ich erledigen muss, diese unbedeutenden Dinge.

Am Quai Voltaire bei Sennelier vorbeigehen.

Eine neue Staffelei kaufen.

Hefte.

Handschuhe für meinen Bruder stricken.

Die große Tanne neben der Gittertür unseres Hauses in Galluis schmücken. Die Clementinen mit kräftigen Farben bemalen, sie an den Ästen befestigen und die Girlanden aufhängen.

Die Heiligenfiguren aufstellen.

Und die Krippe. Vorsichtig die Figürchen aus der Holzkiste nehmen, das Zeitungspapier entfernen, sie abstauben, im Eingang aufstellen und eine Kerze anzünden.

Wie lästig!

Mama besteht darauf, dass ich mitkomme nach Galluis. Sie will, dass ich zu Abbé Quaillet gehe, sogar, dass ich beichten soll, grauenhaft. Aber was? Es gibt nichts zu beichten.

Sie bittet mich inständig: »Bald ist Weihnachten, mein Schatz.« Sie droht in allen Tonlagen: »Tu mir doch den Gefallen! Von wem hast du bloß diesen Charakter, du hast keine Wahl, du wirst auf jeden Fall mitkommen müssen.«

Ich aber habe beschlossen, nicht mitzufahren.

*

Der Himmel über der Rue Soufflot bewölkt sich, wird grauer und verschwimmt mit den Dächern der Häuser. Ich überquere beschwingt den Boulevard Saint-Michel, nähere mich der Porte Vavin und der Akademie Colarossi, wo Amedeo Modigliani auf mich wartet.

Ich gehe nicht. Ich schwebe einige Zentimeter über dem Boden. Er beunruhigt mich, dieser Anflug von Leichtigkeit, und dass ich mich plötzlich in den Hüften wiege wie eine reife Frau.

Ich habe Schmetterlinge im Bauch.

Wenn ich mich konzentriere, höre ich mich mit mir selbst sprechen. Ich sage zu mir »Ich«, und ich sage zu mir »Du« und als ich durch den Haupteingang den Jardin du Luxembourg betrete und die kahlen Platanen ein Ehrenspalier für mich bilden, quäle ich mich: »Jeanette, Jeanette, du bist nicht für die Liebe gemacht.«

Fortwährend murmle ich im gleichen ausdruckslosen Tonfall vor mich hin, sodass die Leute, die von der Métrostation Vavin nach Port Royal unterwegs sind, sich nach mir umdrehen und sich manchmal über mich lustig machen.

Sollen sie mich doch für verrückt halten, das ist mir egal! Ich möchte leben. Ich möchte malen. Ich möchte ich selbst sein.

*

Normalerweise gehe ich der Liebe aus dem Weg. Wenn ein Mann sich mir zuwendet und meinen hellen Teint und meine kupferroten, knielangen Zöpfe bewundert, zeige ich ihm die kalte Schulter. Ich liebe die Ruhe und fürchte mich vor unbeständigen Gefühlen. Nicht etwa, dass ich damit schon schlechte Erfahrungen gemacht hätte, aber ich habe in Romanen darüber gelesen. Unberechenbare Launen und die Sprunghaftigkeit lang anhaltender Leidenschaften sind nichts für mich.

Wenn Mama auch nur eine Ahnung von meinem Zustand, von meinen Ängsten hätte, würde sie mit aller Schärfe sagen: »Du weißt schon, die Männer, mein Kind …«

Ohne ihren Satz zu beenden, überließe sie es meiner Fantasie, mir all die Schrecken auszumalen, zu denen diese jederzeit fähig waren. Grausamkeit, Verantwortungslosigkeit, Abwesenheit, Feigheit, Egoismus, Doppelzüngigkeit, Streitsucht.

Aber was weiß sie überhaupt von den Männern, Eudoxie Hébuterne? Mit 19 Jahren war sie verheiratet, wenig später schwanger, dann die Geburt von André und meine vier Jahre später. 1893, 1894, 1898, drei unbedeutende Daten, ein verpfuschtes Leben, eingeengt von der katholischen Moral, der des Abbé Quaillet und seiner Schäflein, die sich jeden Sonntag auf dem Vorplatz der Kirche nach Gutdünken in sterbenslangweiligen Moralpredigten ergehen.

Mama geht niemals aus, nur zur Frühmesse oder um Vorräte einzukaufen und am Arm von Papa mit dem Zug nach Galluis zu fahren. Soweit ich weiß, hat sie keine einzige Freundin. Ihr alleiniger Umgang: die Frömmlerinnen der nahe gelegenen Pfarrgemeinde Saint-Etienne-du-Mont. Sie packen Pakete mit Marmelade für unsere Soldaten und organisieren Wohltätigkeitsbasare zugunsten der Bedürftigen, deren Ehemänner an der Front sind.

Eudoxie ... Die »gute Doxa«, der gute Ruf; meine Mutter, die Verfechterin der guten Sitten und der Wahrheit, Gefangene ihrer Prinzipien. Erbin eines seltenen griechischen Vornamens, den eine Prostituierte aus Baalbek im 2. Jahrhundert trug. Als Konvertitin von einem Freier verraten, wurde sie enthauptet.

Geschwollene Lider, straffer Haarknoten: Mama trägt ständig einen Ausdruck von Resignation zur Schau. Seit André eingezogen wurde, sind ihre schwarzen Haare ergraut.

Früher ist sie viel fröhlicher gewesen. Beim Kochen hat sie geträllert, beim Zwiebelschneiden, beim Schälen und Kleinschneiden der Kartoffeln.

Selbst ihre Heftigkeit ist verschwunden, die Wut, die ihr Gesicht verzerrte, die Worte, die plötzlich aus ihr hervorbrachen und mich bis ins Mark trafen. »Wer hat mir so eine Tochter beschert?« Dann eine Ohrfeige, um mich in die Schranken zu weisen: »Die hast du mehr als redlich verdient.«

Sie zog meinen Bruder mir vor, seine gepflegte Ausdrucksweise, während ich kein einziges Wort herausbrachte.

André las dieselben Bücher wie Papa, malte, umgab sich mit eleganten, kultivierten Freunden, mit denen er Kaffee trinken ging im Rostand und zu angemessener Zeit nach Hause kam.

Ich stand stundenlang am Fenster und schaute den Regentropfen zu, bis die ersten Sonnenstrahlen hervorkamen und die Zinkdächer trockneten. Ich fürchtete mich vor allem, was mich umgab.

Ich wollte nicht zur Schule gehen.

Ich wollte *Zarathustra* lesen, heimlich *Zarathustra*, sobald es mir gelang, meiner Mutter und meinem Bruder zu entkommen, das Haus für eine oder zwei Stunden zu verlassen, um mich in die Bücherei der Rue Saint-Jacques zu flüchten.

»Wo gehst du denn eigentlich hin? Du schleichst dich davon wie eine Diebin. Sprich nicht mit Fremden, erkälte dich nicht, komm nicht zu spät nach Hause.«

Ich eilte die fünf Stockwerke hinunter, durchquerte das Viertel, rempelte im Vorbeilaufen alte Damen an. Als ich die Tür zur Bücherei aufstieß, erklang ein Glöckchen. Ich setzte mich auf den Boden, ein Mann in Grau brachte mir immer dasselbe Exemplar mit der Bemerkung: »Sie sollten über einen Kauf nachdenken, Mademoiselle.«

Doch ich ging stets mit leeren Händen und einem verschämten Lächeln fort. Ich hatte kein Geld, aber ich würde bald wiederkommen, versprochen.

Ich wollte weder mit Mama auf den Markt an der Place Monge gehen noch im Haushalt helfen.

Ich wollte malen wie mein Bruder. Ich hatte keine Lust, mich mit den Mädchen aus der Nachbarschaft, diesen dummen Gänsen, anzufreunden, ich wollte lieber alleine zu Hause bleiben, wenn es zu sonnig war, oder im Regen spazieren gehen, reiten, mich in Andrés Arme kuscheln, darin verschwinden wie ein Teil von ihm.

Ich konnte meine Mutter nicht ertragen.

Auf einem losen Blatt hielt ich mit einem schwungvollen Federstrich ihren traurigen Blick fest.

Immer wieder las sie einen Brief von André. Er hatte keinen Weihnachtsurlaub bekommen. Das Schweigen war erfüllt von Mamas trübsinnigen Klagen, als ob ein Soldat im fünften Stock unseres Wohnhauses in der Rue Amyot erschienen wäre, um uns mitzuteilen, dass André gefallen sei und uns nun seine Habseligkeiten zurückbrachte: sein Zeichenheft, seine Kohlezeichnungen, seinen vom Papst gesegneten Rosenkranz und eine Fotografie von mir, eine Porträt-Aufnahme vom Frühling 1914, die ihm besonders gefiel. Dabei sehe ich darauf aus wie eine Tote. Ich trage eine schwarze Kappe. Meine Lippen sind blutleer.

*

Vor Amedeo Modigliani hat schon manch anderer Mann versucht, mich zu umwerben.

Im Bus sprach mich ein Dandy an und lud mich auf einen Kaffee ein. Ich entdeckte sehr schnell den Ehering an seinem Finger, den schuldbewussten Zug um seinen Mund. Und wandte mich ab.

Ein Freund von André schickte mir Karten von der Front: *Deine Augen sehen aus wie das Meer im Winter/und mein schiffbrüchiges Herz folgt Dir zum Ufer*. Ich kicherte bei jedem seiner Schreiben, bis ich erfuhr, dass er wenige Monate zuvor in Verdun gefallen sei. Der Leichnam unauffindbar. Unauffindbar? Wie war das nur möglich?

Und dann dieser entfernt verwandte Vetter, der bei Papa um meine Hand angehalten hatte. Ich war noch nicht einmal sechzehn Jahre alt gewesen. Ich hatte mich in der hintersten Ecke des Gartens verkrochen und im regennassen Gras gewälzt. Mama kam und reichte mir die Hand, um mich zu holen, komm, meine Kleine. Ich gab mir mit halb geschlossenen Lidern und rollenden Augen den Anschein einer Verrückten. Wenn Papa mich an diesen Graukopf verkaufte, würde ich mich umbringen. Lieber tot als in einer solchen Ehe gefangen.

Die anderen hatte ich mir vom Leib halten können.

Aber Amedeo Modigliani, ihn musste ich wiedersehen.

Die Sehnsucht ergriff Besitz von mir. Doch schon brachte mich die Angst ins Wanken.

*

Ich eile zu ihm hin, um ihm seinen Schal zurückzugeben. Wie oft schon bin ich ihm in der Akademie über den Weg gelaufen, ohne ihn zu sehen? Und warum spielt dieser Mann, von dessen Existenz ich bisher nichts wusste, plötzlich eine so wesentliche Rolle in meinem Leben?

Ich zupfe jedes einzelne meiner Haare aus der Wolle des Schals, falte ihn ordentlich. Ich werde ihm den Schal zurückgeben und mich dann schnell davon machen.

Danke!

Denn ich bin ein wohlerzogenes Kind.

Keine weiteren Worte. Keine Rechtfertigung. Ich kann sehr gut lügen, damit man mich in Frieden lässt. Ich habe einen Termin, Monsieur Modigliani, einen Termin beim Arzt, ich habe keine Zeit, ich muss schnell eine Kutsche am Carrefour Vavin nehmen. Bis in die Gegend der Avenue Gambetta am Ende der Welt.

Lassen Sie mich, würde ich schließlich herausschreien.

Adieu!

In der Akademie stürme ich mit Riesenschritten die Treppe hinauf.

»Früher machte ich Skulpturen. Das hilft mir jetzt, meine Bilder zu komponieren und den Modellen Körperlichkeit zu verleihen. Sie werden lebendig. Man möchte sie anfassen und fühlen, wie sie unter der Berührung erbeben.«

Er hatte seinen Unterricht noch nicht beendet.

»Die Arbeit verlangt Beharrlichkeit: die Persönlichkeit des Modells erfassen. Sie nicht nur abbilden, sondern verfeinern. Gehen Sie hinaus, schauen Sie sich die Fassade der Rue Notre-Dame-des-Champs 82 an. Sie werden die versteinerten, seelenlosen Karyatiden über dem Eingang sehen. In Gips erstarrte Architektur … Ich dagegen zeichne die Karyatiden und zerlege sie dann in Einzelteile. Ich … zerschlage sie, damit sie lebendig werden. Früher, da habe ich Marmor bearbeitet … Das war …«

Er kaut auf den Worten herum, spuckt sie voller Heftigkeit aus. »Meine Bilder sollen Ihren abgestumpften Blick wachrütteln. Ähnlichkeit spielt keine Rolle. Zwecklos, das Modell wie eine armselige Fotografie nachahmen zu wollen. Die Fotografie taugt nichts. Gar nichts.«

Er hält mit ausgestrecktem Arm mehrere Reproduktionen hoch. Die *Venus* von Tizian und die von Cabanel. Die *Olympia* von Manet. »Ein Spiel von Rundungen und Licht macht sie lebendig. Sie sind wirklich und gleichzeitig magisch, geheimnisvoll.«

Seine Gesichtszüge verzerren sich. Sein Brustkorb hebt sich. Er röchelt und spuckt. Dabei verkrampft sich sein Körper. Dann beruhigt er sich wieder und als ob nichts gewesen wäre, sagt er: »Ich lasse Sie nun darüber nachdenken.«

Er setzt seinen Filzhut auf und kommt zu mir.

Ich halte ihm mit einer hochnäsigen Geste die Hand hin. Ausgerechnet ich – hochnäsig. Mit verkniffenem Mund das genaue Gegenteil meiner gespielten Unbefangenheit. Normalerweise hat Verlegenheit auf mich die gegenteilige Wirkung: Ich versinke in völliges Schweigen.

»Wenn ich Carrara-Marmor bearbeiten könnte, würden mir meine Pinsel ziemlich mickrig und meine Bilder erbärmlich vorkommen.«

»Sei still und komm mit.«

Ich bringe noch nicht einmal ein kurzes Adieu über die Lippen, wie ich es mir geschworen hatte.

Ich laufe nicht weg.

Ich höre, wie ich leise und schüchtern »Ja« zu ihm sage.

*

Auch wenn André an der Front ist, verurteilt er mich doch.

Die Stimme meines Bruders dringt über Hunderte von Kilometern aus seinem Barackenlager zischend bis zu mir am Carrefour Vavin, überlagert vom Hufschlag der Pferde auf dem Pflaster und den Rufen der Gemüsehändler der Rue Delambre.

Nur Andrés Briefe erinnern mich an den Krieg und seine Abwesenheit, die Furcht bei dem Gedanken, dass er nicht wiederkommen könnte oder aber amputiert, mit einer Kopfverletzung wie manche Verwundete, die ich im Vorbeigehen in den Gärten des Militärhospitals Val-de-Grâce sehe.

In meinen Albträumen ist er nicht gefallen. Er steht vor mir, beide Arme bis zu den Ellbogen amputiert. Sein entstellter Mund befiehlt mir, an seiner Stelle zu malen.

Zu Hause erwähnen wir niemals den Krieg, um das Herz von Mama zu schonen. Die Toten, die man auf die Schnelle in den blutgetränkten Feldern verscharrt, von denen man nur die Erkennungsmarken wiederfindet. Seit der Schlacht von Meaux vor zwei Jahren bringt Papa den *Petit Parisien* nicht mehr mit.

An unsere Mutter schickt mein Bruder tiefreligiöse Schreiben. Seine neue Liebe heißt Thérèse. »Meine kleine Himmelsschwester. Ein Engel, der mich dem Stahlgewitter, meiner täglichen Mühsal entreißt.«

Er schickt ihr lange Liebesbriefe in den Orden Carmel de Lisieux. Sollte ihm etwa eine Granate das Hirn weggeschossen haben? Sie ist 1897 gestorben, ein Jahr vor meiner Geburt und drei Jahre nach der seinen!

Mein Bruder, dieser auf den Knien rutschende, bigotte Frömmler. Die Dreieinigkeit, die Auferstehung, die Gemeinschaft der Heiligen, der Leib Christi alles zusammen in der Hostie, *dies ist mein Leib und dies ist mein Blut*, dieses Trugbild lässt mich leise lachen. Wenn ich, gezwungen von Papa und Mama, in die Messe gehe, betrachte ich die Kirchenfenster, ihr Licht, das sich auf den Säulen und dem sterbenden Christus widerspiegelt. Während der Predigt denke ich ›Geschwätz! Nichts als Geschwätz!‹, um mich vom Lispeln des Pfarrers abzulenken.

André hat sich bemüht, mich zu überzeugen: Die Gnade würde über mich kommen wie ein maßgeschneiderter Mantel. Mein Gesicht würde in strahlendes Licht getaucht. Schließlich würde ich bekehrt und mich dann, wie er es manchmal macht, flach auf den Boden der Kirche von Galluis legen, wie Christus.

Was für ein Schauspiel, welch ein Theater!

Mir schickt er nur kleine, flüchtig hingekritzelte Ansichtskarten – die Hügel der Ardennen, der Glockenturm von Seine-et-Marne, eine Ansicht von Verdun.

Kauf zwei Tuben Barytgrün und eine Tube Weiß (die größte), eine Tube Ocker (die Nummer 6) und eine Ultra-

marin (die Nummer 2). Ich möchte die verschiedenen Grüntöne wiedergeben, die ich vom Schützengraben aus sehe. Ich zähle auf dich. Kauf auch Kohlestifte. Bei meinem nächsten Urlaub werde ich das alles mitnehmen, wann, weiß ich nicht. Ein Küsschen auf die Wange, Schwesterchen.

Ich lese sie immer wieder. Ich lerne sie auswendig. Seine Worte werden meine.

Aus dem ekelerregenden Graben, in dem ich hier in der Falle sitze, kann ich dich sehen und fühlen. Ich weiß alles über Deine Ausflüge und Deine Kurse an der Akademie. Ich weiß auch alles über die Versuchungen, denen Du ausgesetzt bist. Arbeite, arbeite! Ich will weder, dass Du abends ausgehst, noch, dass Du Leute triffst. Küsschen, meine Kleine, meine Kokosnuss.

Ich betrachte die sepiafarbenen Landschaften und fahre mit dem Zeigefinger über die gezackten Ränder.

Bei meinem nächsten Urlaub, das verspreche ich Dir, Jeannette, fahren wir für einige Tage nach Galluis und malen, malen, malen. Bei schönem Wetter werden wir uns mit unseren Malutensilien ganz hinten in den Garten ans Flussufer setzen. Jetzt konzentrier dich erst einmal auf Deine Arbeit. Kein Herumschäkern, keine Liebeleien. Solche Nichtigkeiten passen nicht zu Deinen künstlerischen Ambitionen.

Ich lasse die Karten in meinem Frisiertisch verschwinden. So viele Lebenszeichen von meinem Bruder.

Wenn er mich sähe, wie ich jetzt bin – eine dumme Gans –, würde er ausrufen: »Schlechte Vorahnungen bewahrheiten sich fast immer.« Seine ernste Stimme würde Schweigen gebieten. Er würde sanft meine Stirn tätscheln. »Ahnungsloses Engelchen, kleine Närrin.«

André hätte noch mehr dazu zu sagen, um mich auf den »rechten Weg« zu bringen, mich, die nur die verschlungenen Pfade im Wald von Galluis liebt.

»Die Kunst, das Denken, verlangen viel Zeit und Ausdauer und plötzlich wird dir alles schlagartig klar. Du musst bereit sein. Sonst verschwendest du dein Talent.« Eine steile Falte würde zwischen seinen Augen erscheinen. Mit seinem kantigen Kinn, seiner gerümpften Nase und den dichten Haaren über der Stirn ähnelt er Papa bis auf den Bart immer mehr. »Dieser Mann wird dich zugrunde richten … Du verschwendest deine Zeit mit einem Verrückten.«

Und wenn er sähe, wie wenig mich seine Worte beeindruckten, würde er mir schließlich drohen: »Für dich wird es heißen: Kunst oder Kloster.«

Es würde ihm gelingen, unsere Eltern zu überzeugen, dass man mich zu meinem Besten einsperren musste, wie er sie früher überzeugt hatte, mich bei der Akademie Colarossi einzuschreiben, weil ich »gute Anlagen« für die Zeichenkunst hätte.

Damals hörte Mama nicht auf, von früh bis spät mit leiser oder mit lauter Stimme immer dasselbe zu wiederholen: »Ein Mädchen heiratet, bekommt Kinder, verschwendet seine Zeit nicht an einer Kunstakademie, erst recht nicht für beiderlei Geschlecht, und mit welcher Art von Leuten wird es Umgang haben? Herumtreiber, Nichtsnutze. Lange Reihen nackter Mädchen in der Rue de la Grande-Chaumière … Leichte Mädchen …«

André hatte sich vorgenommen, auf mich aufzupassen: »Jeannette hat noch genug Zeit zu heiraten, vielleicht wird sie auch gar nicht heiraten. Was soll daran wichtig sein? In ihr schlummert etwas, das größer ist als sie selbst. Schaut euch ihre Augen an, ihre Tiefe, ihre Intensität. Sie weigert sich, Christus zu begegnen. Eines Tages wird er sich ihr offenbaren und dann wird sie keine Wahl mehr haben. Bis dahin überlasst sie ruhig ihrer Kunst … Sie weist ihr den Weg zu Ihm.«

Mein Vater hatte mit dem Kopf genickt. Er war einverstanden.

*

Im Allgemeinen sind Mädchen in der Akademie Colarossi nur als Modell zugelassen. Aber André hatte gegenüber der Direktion drauf bestanden, dass man mich zu den Kursen zuließ.

Ehe er eingezogen wurde, wartete mein Bruder jeden Tag draußen in der Rue de la Grande-Chaumière auf mich. Er rauchte Zigarre, betete den Rosenkranz herunter, las auf einer Bank Sainte-Beuve oder Bossuet, machte sich Notizen in dem Buch des Abbé Bethléem *Romans à lire et Romans à proscrire*, das Papa ihm zu Weihnachten geschenkt hatte.

Sobald ich im Eingang erschien, packte er meinen Arm und wir kehrten im Laufschritt in die Rue Amyot zurück. Man trödelt hier nicht herum, gütiger Gott.

*

In einem Café Ecke Boulevard Raspail und Montparnasse, wo ich noch nie zuvor einen Fuß hineingesetzt habe, hat sich Amedeo Modigliani mir gegenüber niedergelassen.

»La Rotonde, mein Zufluchtsort. Unbegrenzter Kredit bei Väterchen Libion. Ich gebe ihm eine Zeichnung für einen Wermut. Wenn du mich suchst, schönes Kind, findest du mich hier.«

Ich kauere wie versteinert auf der mit bordeauxrotem Samt bezogenen Sitzbank, die Hände unter den Oberschenkeln, den Kopf zur Seite geneigt zwischen den hochgezogenen Schultern. Mein Herz schlägt bis zum Hals. Ich höre es unter der zarten Haut meiner Brust hämmern, trotz des Stimmengewirrs im Café, des Geklappers des Spielautomaten neben dem Tresen und der lärmenden Pferdekutschen draußen auf dem Pflaster.

Ich versuche, meine Atmung unter Kontrolle zu bringen, langsam einatmen, gleichmäßig ausatmen. Nur nicht meine Verwirrung zeigen.

Amedeo Modigliani fuchtelt mit ockerfleckigen Händen vor seinem Gesicht herum. Er hält jetzt Selbstgespräche und ich höre ihm zu.

»Ich habe davon geträumt, Steinmetz zu werden, ein Anti-Rodin. Ich habe darauf verzichten müssen.«

Der Staub der Marmor- und Granitsplitter hatte seine kranken Bronchien verstopft. Er konnte nicht mehr atmen. Brancusi fand ihn leblos neben Marmorblöcken am Boden liegend, als er in der Cité Falguière arbeitete.

Seine Freunde hielten ihn für tot. Er dachte, er müsse

sterben, spuckte Blut, allein auf dem Boden seines Ateliers. Er gab auf.

»Ich bin schwindsüchtig, aber zu jung … zu jung, um zu krepieren!«

Er fing an, Körper zu malen. Er wollte ihre Einsamkeit wiedergeben, insbesondere die der Frauen, die Augenblicke der Verlassenheit. Vor zwei Jahren hat er einen Händler gefunden, der ihn für seine Gemälde, aber nicht für die Skulpturen bezahlen wollte. Zu schwer, zu groß, unmöglich, sie zu lagern.

»Paul Guillaume, du kennst ihn nicht.«

Amedeo Modigliani hat sein Jackett nicht ausgezogen. Er macht Anstalten, aufzustehen.

»Du kennst ihn nicht«, wiederholt er, als ob ich ihn enttäuscht hätte. »Das ist nicht deine Welt.«

Er kam gerade recht, dieser Paul Guillaume, mit seinem Geld und seinen großen Ambitionen. Aber weil Amedeo sehr oft feiern ging und die Bars von Montparnasse besuchte, traf er schließlich einen anderen Händler: Zborowski, Zboro, sein Freund Zbo … sein neuer Förderer. Ein Dichter im Exil, der berühmt und vor allem reich werden würde. Er verschaffte Amedeo einen kleinen Zuschuss, weil er sich ja von Zeit zu Zeit ernähren muss.

»In Paris sind die Gesichter vom grauen Alltag entstellt. Das goldbraune Licht von Livorno, das suche ich in meinen Bildern. Du wirst mit mir nach Italien kommen.«

Nicht einmal eine Kopfbewegung, nichts, ich schweige. Ich schweige, weil ich nicht weiß, was ich antworten soll, außer »Das tut man nicht«, weil ich Angst habe, für ein dummes, kleines Mädchen gehalten zu werden. Angst davor, dass er plötzlich aufsteht und mir die Worte: »Tut mir leid, ich habe mich getäuscht. Wir haben uns doch nichts zu sagen« entgegenschleudert.

Der Kellner bringt ihm ein randvolles Glas Rum. Amedeo Modigliani stürzt es in einem Zug hinunter. Man bringt ihm eine Karaffe Rotwein, die er restlos leert.

»Ich habe Schmerzen beim Atmen, es zerreißt mir die Brust. Ich trinke, um den Schmerz zu betäuben. Aber ich kann auch nüchtern bleiben, *ragazza*, mich konzentrieren; mich konzentrieren, um meinem Traum näher zu kommen. Du denkst, ich sei eingebildet? Ich tue dir leid? Empfinde Mitgefühl, denn es geht mir oft nicht gut. Ich stoße an die Grenzen meiner Schaffenskraft. Ich kann sie sehr gut einschätzen. Das macht mich verrückt, das macht mich unglücklich.«

Mit leeren Taschen streift er am Friedhof Montparnasse entlang. Er geht niemals hinein, niemals zu den Gräbern. Er liest lieber Baudelaire und Huysmans, als sich zum Nachdenken an ihre Grabstätten zu setzen. Den Juden jedenfalls soll es Unglück bringen, die Toten häufig zu besuchen. Selbst die Berühmtesten.

Er verbringt Zeit in den Bistros, isst Spaghetti Bolognese bei Rosalie, manierlich mit Gabel und Suppenlöffel, keinerlei Spritzer auf dem Hemd, anders als sein Freund Chaim Soutine, der mit beiden Händen in den Teller fasst, die Knochen abnagt und mit offenem Mund kaut. Modigliani zischt gut zwei Liter *Vino della casa* und im Weggehen hinterlässt er eine Skizze auf dem karierten Tischtuch oder lässt die Rechnung an Paul Guillaume, Zborowski oder Picasso schicken, aber Picasso ist ein Geizkragen, auf ihn ist kein Verlass. Er ist ein Neureicher, der so tut, als sei er arm. Oder Modigliani erbittet Kredit. Er möchte frei arbeiten. Der Künstler steht über solchen Nebensächlichkeiten. Aber Achtung … Er legt Wert darauf, sich gut zu kleiden, Samtanzug, taillierter, handgenähter Mantel, originaler Livorno-Hut. Er möchte kein Mitleid erregen wie Utrillo, dessen Gestalt man in stinkende Lumpen gehüllt und mit Alkoholfahne in den Gassen von Montmartre begegnet.

»Ganz zu schweigen von seinem Schnurrbart voller Fliegendreck. Um sauber zu bleiben, benutze ich die öffentlichen Bäder, ohne einen Franc Eintritt zu zahlen. Und wenn es nötig ist, wasche ich mich sogar mit dem eisigen Wasser des Brunnens von Saint-Sulpice.«

Neulich nachts hat er die Leinwände von unbedeutenden Malern zerrissen, Betrügern, die vor dem Théâtre de la Gaîté herumlungerten, die seinen Freunden, wahren Künstlern wie Soutine, Kisling, Foujita, den Platz wegnehmen wollten.

»Du kennst sie nicht, du bist zu jung.«

Er hat sich mit den Schmierfinken geprügelt. Ein Faustschlag ins Gesicht, noch einer in den Magen. Er hat ein Küchenmesser aus dem Ärmel gezogen und landete schließlich auf dem Polizeirevier.

Erregung öffentlichen Ärgernisses. Eine dumme Geschichte. Als die Polizisten ihn gegen Morgen freigelassen haben, ist er im Rinnstein in der Rue Campagne-Première eingeschlafen.

Er schlägt sich mit beiden Fäusten gegen die Brust.

»Seitdem herrscht hier drinnen die *Sciara del Fuoco!* Das rasselt, das entlädt sich in Lavaströmen. Ich habe wieder angefangen, Blut zu spucken. Ich bin nicht lebendig, aber ich war es!«

»Dante?«, frage ich mit schwacher Stimme.

»Dante!«, ruft er aus. »Ich kenne nur Dante. Ich hätte geschworen, dass du zu denen gehörst, die Walter Scott mit der Muttermilch aufgesogen haben.«

Meine innere Stimme ermahnt mich, sofort zu gehen, brav nach Hause zurückzukehren. ›Du musst die Flucht ergreifen, Jeannette.‹

Aber Amedeo Modigliani übertönt mich mit gebieterischer Stimme.

Er mustert mich aus allernächster Nähe.

»Ovale Kopfform, gerade, an der Wurzel etwas platte Nase, Oberlippe in Herzform ... ein noch kindliches Gesicht ... Du ähnelst meinen italienischen Diven. Zeig mir deine Hände! Kräftige, rundliche Hände wie eine Bäuerin. Doch Worte genügen nicht zu beschreiben, wer du bist. Worte genügen nicht ...« Er ergreift einen meiner Zöpfe und wickelt ihn um seinen rechten Arm: *»Barou'h ata adonai elohenou mele'h haolam achere kidechanou bemitsvotav vetsivanou al mitsvat tefiline ...«*

Die Leute schauen uns wie gebannt zu.

Die Kellner biegen sich vor lachen.

»Siehst du all diese Antisemiten? Ich, ich spreche Hebräisch, Jiddisch und Ladino, ja, meine Damen und Herren, ich bin Modigliani ... Jude, das bin ich, *Jew!*«

Ich bin wie versteinert.

»Aber wir scheren uns nicht um diese Hohlköpfe! Wir gehören zusammen. Sind verbunden mit Gott durch die Kunst.«

Er bewegt seinen Oberkörper hin und her, schließt die Augen, öffnet sie wieder, wie die orthodoxen Juden, die ich an manchem Morgen vor der Synagoge in der Rue Vauquelin in der Nähe meines Elternhauses sehe.

»*Chema israel adonai elohenou adonai ehad barou'h chem kevod mal'houto leolam vaed* ... Ich weiß nicht, wie du heißt, Mädchen. Ich weiß noch nicht einmal, wer du bist.«

Wer ich bin?

»Ich bin Jeanne Hébuterne.«

»Anders als es aussieht, bist du nicht an meinen Arm gefesselt, Mademoiselle Butenne. Du bist mit der *sapienza* verbunden.«

»Ich bin Jeanne Hébuterne.«

Er steht auf, beugt sich zu mir herunter und schreit mir ins Ohr: »Gewöhnlich zeichne ich nur meine Geliebten oder Huren. Keine Spießerinnen wie dich, Hébuterne. Aber ich werde eine Ausnahme machen: Besuch mich in der Rue Joseph-Bara 3 im Atelier von Zborowski, erste Etage. Das findest du nicht? Frag die Concierge. Sie heißt Madame Salomon. Sie ist hässlich, kann ich dir sagen, hat strohige Haare und pickelige Haut. Aber wenigstens hat sie ein Herz für uns Künstler.«

Plötzlich packt mich die Lust, laut herauszulachen. Ich halte mir die Hand vor den Mund. Ich hasse es, wenn man meine Zähne sieht, mein verrücktes Lachen hört, dieses unbändige Lachen, das mich in den unpassendsten Momenten überkommt. Bei der Beerdigung meiner Großmutter oder auf dem Friedhof, wenn Mama an Allerheiligen die Grabsteine unserer Verstorbenen säubert, beim Weihnachtsessen, wenn sie den Kuchen mit sicherer Hand und verkniffenem Mund aufschneidet. Dann steigt es in mir auf und ich kann es nicht mehr zurückhalten.

Psst, sei still, faucht André, *sei still oder man wird dich wegsperren müssen.*

Schließlich geht es vorbei.

»Hébuterne … Hébuterne …«

Amedeo Modigliani betet meinen Namen herunter. Er spricht ihn mit gerolltem »r« aus und verschluckt das »n« am Ende. Ich schüttle den Kopf, bloß nur kein Aufhebens. Langsam wickle ich meinen Zopf von seinem Arm wieder ab und richte mich auf.

»Du wartest nicht die Erlaubnis deiner Eltern ab! Rue Joseph-Bara 3 … Das ist ein Befehl!«

Er wirft mir seinen Schal um den Hals.

»Ein Geschenk!«

Er ergreift meine rechte Hand.

»Adieu, Mademoiselle Hé-bu-ter-ne! Ich werde dich heiraten, ohne dich nach deiner Meinung zu fragen.«

Passanten und Gäste des Cafés tuscheln und geben leise ihre Kommentare ab.

»Wofür soll das gut sein, dich nach deiner Meinung zu fragen? Einem Modi schlägt man nichts ab.«

Stolpernd entferne ich mich über den Boulevard du Montparnasse. Ich habe immer noch diesen starken Lachreiz. Ich möchte schreien, lauthals singen. Ich glaube, ich werde verrückt.

Die Stimme von André verfolgt mich wie das Echo meiner Gedanken bis zur Rue Amyot. Wenn ich weiter auf diesem Weg der Verdammnis gehe und meine Zeit mit diesem Verrückten verschwende, wird André meine Eltern darin bestärken, die Wahl zwischen dem Kloster in Lisieux und der Anstalt zu treffen, in die man die Verrückten sperrt, die keine Heiligen sind.

Mein Bruder wollte schon immer, dass ich ihm gehöre.

*

Ihn nicht mehr wiedersehen. Nie mehr.

Ich wiederhole diese Worte, schreibe sie in das Heft, als ob sie mich vor einer Gefahr schützen könnten, die ich verschwommen vorausahne, vor dem brennenden Verlangen, Amedeo Modigliani wiederzusehen.

Rue Joseph-Bara 3.

Das ist ein Befehl!

Ich müsste meine Annehmlichkeiten und mein bescheidenes Leben aufgeben. Das alles hält mich hier zurück: das Geräusch von Mamas Schritten auf dem Parkett, wenn sie in der Nacht keinen Schlaf findet; der Wohlgeruch aus ihrer Küche – ihre Zwiebelsuppe, ihre Kohlrouladen. Selbst mitten im Krieg versteht sie es, aus nichts etwas zu machen. Ich ertappe mich manchmal dabei, wie ich auf die Essenszeiten warte, so wie ich als Kind ihren Geruch und ihre Wärme vor dem Schlafengehen suchte.

Alles hält mich zurück: Papas stolzer Blick auf meine Hände, wenn ich in Galluis in einem Sessel sitze und zeichne; seine aufmunternden Worte: »Meine Nénette, du wirst eine große Künstlerin werden«, obwohl er es ganz sicher lieber gesehen hätte, dass ich den von Mama vorgezeichneten Weg eingeschlagen hätte. Eine schöne Hochzeit, Kinder, ein Händchen für den Haushalt, eine meisterhafte Köchin.

Alles hält mich gefangen: André, seine Ansichtskarten, das Warten auf seinen Urlaub und die Augenblicke, in denen er mir ins Ohr flüstert, dass nichts über unsere Liebe gehe.

Nichts, André, bist Du sicher?

Mein Blut versorgt Dein Herz, das meine Lungen atmen lässt. Kennst Du eine stärkere Liebe?

Unser Spiegelbild zeigte uns beide Kopf an Kopf, eng umschlungen, untrennbar miteinander verbunden wie siamesische Zwillinge.

Für welchen anderen Kerker würde ich also meinen Bruder, meine Familie verlassen? Dieser Modigliani liebt die Frauen – Geliebte, Huren –, verträgt große Mengen Wein und Rum, ohne jemals glasige Augen zu bekommen, und prahlt mit Prügeleien – eingelocht wegen Erregung öffentlichen Ärgernisses.

Mein Bruder bleibt dabei. *Dieser Bandit wird dich in den Dreck ziehen, Jeannette. Dieser Nichtsnutz wird dein Unglück sein.*

Die Lage ist aussichtslos.

Gefesselt an die *sapienza*, eine traurige, nicht fassbare Weisheit. Keine Luft zum Atmen.

*

Aus Furcht, Amedeo Modigliani zu begegnen, vermeide ich seither den Carrefour Vavin. Ich halte mich fern von der Rue Joseph-Bara und der Rue Notre-Dame-des-Champs, und ich bleibe nicht mehr vor den Statuen im Jardin du Luxembourg stehen, um mich mit ihnen zu unterhalten.

Nach den Kursen gehe ich als Erste im Schutz meines breitkrempigen Hutes über den Boulevard du Montparnasse nach Hause. Ich spreche keinen einzigen Schüler an und vermeide Gruppenarbeit. Das habe ich sowieso nie gemocht.

Meistens sitze ich bei weit geöffnetem Fenster mit Blick auf die reifbedeckten Dächer in meinem Zimmer und zeichne Straßenszenen. Ich male Stillleben, arbeite pausenlos an den Umrissen der Äpfel, die ich auf ein Geschirrtuch oder farbige Tischdecken ausgebreitet habe.

Ich bin sogar mit Mama und Papa wieder nach Galluis gefahren.

Mein nach Ambra duftendes Parfum hat schließlich den Tabak- und Terpentinölgeruch des grobmaschigen Wollschals verdrängt.

Amedeo Modigliani verfolgt mich nicht mehr bis in meine Träume.

Auch gut, jetzt arbeite ich umso mehr.

Ich habe mein Projekt wieder aufgenommen, das Buch von Neel Doff *Jours de famine et de détresse* zu illustrieren. Zweiunddreißig kleine Tuschezeichnungen.

Halb verhungerte Kinder an der Brust ihrer Mütter, ausgezehrte Gesichter, mitleiderregend in ihrem Elend. Ein kleines Mädchen, das sich prostituieren muss, um seine Geschwister zu ernähren.

Mama kann es nicht lassen, eine ihrer subversiven Bemerkungen zu machen, die mir den Schlaf rauben und mich am Ende dazu bringen könnten, mein Malzeug wegzuräumen und für immer das Malen aufzugeben. »Findest du denn keine fröhlicheren Motive?«

*

Schließlich war ich mir nicht mehr sicher, Amedeo Modigliani in den ersten Dezembertagen tatsächlich getroffen zu haben.

Habe ich wieder eine Person erfunden, um André zu ersetzen?

Wenn er nicht da ist, habe ich das Bedürfnis, für ihn einen Doppelgänger zu erfinden, einen Dichter, mit dem ich hinten im Garten male, einen Gefährten, der mir in der Nacht die Hand hält. So oft bin ich an ihn gekuschelt eingeschlafen. Er strich mir über die Haare. Wir wachten eng umschlungen auf. Morgens rüttelte uns Mama wach. Wir wären jetzt zu groß, beinahe erwachsen, um noch so beieinander zu schlafen. Doch schon am nächsten Abend taten wir es wieder.

Ganz allein habe ich Angst, ich habe Angst vor meiner Umgebung, vor der Dunkelheit, den Leuten, zu lauten Geräuschen, den Gefühlen, die mich manchmal überwältigen und mich daran hindern, einen Fuß vor den anderen zu setzen. Die Tränen fließen, grenzenlose Traurigkeit, Untergangsstimmung. Der Tod scheint allgegenwärtig.

Seit André an der Front ist, schließe ich mich in unserem gemeinsamen Zimmer in der Rue Amyot ein. Ich strecke mich auf seinem Bett aus. Das Kopfkissen riecht nach Seife. Der Geruch von Kölnisch Wasser, mit dem er sich nach dem Rasieren über dem eisernen Waschbecken die Wangen betupfte, ist verflogen. Er hat die Bibel von seinem Nachttisch und sogar das Kruzifix mitgenommen.

Die dunkelgrüne Tapete ist feucht und rissig geworden.

Die Decke fällt mir auf den Kopf.

»Mit wem sprichst du, Jeannette?«, fragt mich Mama durch die halb geöffnete Tür.

»Mit niemandem.«

*

Weihnachten ist vorüber.

Die Mitternachtsmesse in Galluis hat Mamas Sorgen wieder aufleben lassen. Abbé Quaillet hat in einer quälend langen Litanei die Vornamen der jungen Männer aus dem Dorf aufgezählt, die in den letzten beiden Jahren gefallen sind.

Jacques und Joseph, Louis, Philippe, Bernard ... Wir kannten sie alle. Als wir klein waren, hat mein Bruder mit ihnen gespielt. Sie bauten Baumhäuser im Nussbaum hinten im Garten, feierten zusammen Kindergeburtstag – es gab Schokoladenkuchen mit Puderzucker bestreut, Lakritze, Karamellbonbons aus der Bretagne.

Ich hätte diesen Lispler am liebsten umgebracht!

Danach verbrachte Mama eine schlaflose Nacht. Warum sollten wir verschont werden, Herrgott? Warum ausgerechnet wir? Sie irrte im Erdgeschoss herum, stellte die Nippfiguren auf dem Kaminsims um, spülte die Kochtöpfe. Am Morgen sah sie mit ihrem fahlen Teint aus wie ein Gespenst, umso mehr, als sie ihre lange, schwarze Samtrobe nicht mehr auszog, als ob sie schon Trauer für ihren Ältesten trüge.

Sie würde uns noch Unglück bringen.

Wir haben keinerlei Nachricht von André erhalten.

Als er vor zwei Jahren in den Krieg zog, hat er uns versprochen, einen Monat später zurückzukommen. Nur einen Monat später. An der Gare de l'Est schleppte er sein riesiges, königsblaues Bündel mit Bajonett und Käppi.

Er gab mir die Hand. Unsere Finger verschränkten sich ineinander wie die der Liebespaare, die sich auf dem Bahnsteig verabschiedeten.

»Es wird nicht lange dauern, wir werden sie niedermachen und in einer Blitzaktion bis Berlin vordringen. In einer Blitzaktion, Nénette, du hast also allen Grund, dir keine Sorgen zu machen.«

Dann ist er in einen völlig überfüllten Wagen geklettert, zu den anderen jungen Männern. Ich suchte ihn an den offenen Fenstern. Rief seinen Vornamen. Wollte ihm einen letzten Kuss zuwerfen. Aber ich habe ihn nicht mehr gesehen, der Zug fuhr ab.

Mir blieb in der Handfläche nur der herbe Geruch seiner Zigarren zurück, stets eine halbe Toscano, die er zwischen Zeige- und Mittelfinger hielt und auch dann noch im Mund ließ, wenn sie schon lange erkaltet war.

*

Während eines Urlaubs einige Monate nach Kriegsbeginn sagte André zu mir: »Wenn ich einen Arm verliere, schieße ich mir eine Kugel in den Kopf.«

Ich habe diesen Satz sofort verdrängt. Ich tat so, als ob er ihn nicht ausgesprochen hätte, als ob er immer noch der starke, selbstsichere Junge wäre, der voller Zuversicht an das Schicksal des Vaterlandes glaubte. Als ob er sich nicht verändert hätte.

Großer Beschützer-Bruder, Teil meiner selbst, verwandte Seelen ein Leben lang.

Ich wollte nicht einsehen, dass sein unerschütterlicher Glaube an das Leben durch diesen Krieg Risse bekommen hatte.

*

Die letzten Dezembertage verstreichen in unendlicher Traurigkeit.

Überhaupt keine Lust, vor die Tür zu gehen. Ich arbeite im Bett an den Entwürfen für das Buch von Neel Doff. Ich stehe in der Küche, betrachte den regenverhangenen Himmel, stochere lustlos im Essen. Es kommt vor, dass ich mit dem Stift in der Hand einschlafe, ohne meine ausgezehrten Gestalten zu Ende gebracht zu haben.

Mama hat immer etwas zu jammern. Sie findet nichts mehr auf dem Markt der Place Monge. Nur Kartoffeln und Lauch. Es gibt kein Fleisch mehr. Der Metzger hat seinen Laden geschlossen. Sie reichert die Suppen mit altbackenem Brot an.

Papa öffnet immer noch seinen Laden. Aber er liest die meiste Zeit hinter seinem Ladentisch, greift in eine Kiste voller Knöpfe, lässt sie durch die Finger gleiten, zählt sie oder sortiert sie paarweise, all das zum Zeitvertreib. Er langweilt sich.

Nur ein oder zwei Kundinnen kommen am Tag vorbei, befühlen Seidenstrümpfe, Angorawolle und andere Knäuel. Sie lassen anschreiben, verlassen den Laden aber oft, ohne etwas zu kaufen.

Eines frühen Morgens stießen zwei Männer die Ladentür auf. Das war eine Seltenheit seit Beginn des Krieges.

Der eine sah gepflegt aus, der andere wie ein Clochard.

Sie sahen sich Leibwäsche an; wühlten in den Fächern mit Bändern. Dabei sprachen sie ein slawisches Kauderwelsch, begleitet von Gebrumme und französischen Brocken. Schließlich kauften sie Bindfaden.

Der eine fuchtelte sinnlos herum. Der andere schob ihn vor die Tür, um dann, maskenhaft lächelnd, mit kleiner Münze zu bezahlen.

Mein Vater war froh, als sie gegangen waren.

*

Als ich heute morgen die Läden öffne, verharre ich einen Augenblick am Fensterbrett. Meine Hand streicht mechanisch über den rauen Stein der Brüstung. Mein Atem bildet eine eisige Fahne.

Schweigend und gebeugt gehen Fußgängerinnen vorbei. In Paris gibt es fast keine Männer meines Alters mehr. Es bleiben nur die Ausgemusterten, die Fußkranken und die Alten. Solche wie Modigliani. Die Drückeberger hinter der Front, wie sie André in seinen Briefen bezeichnet.

*

Einkaufsliste für Sennelier:
Zeichenkohle
Ölfarbe (die größten Tuben für
großflächigen Farbauftrag)
Tusche
Ein oder zwei Spiralblöcke mit Velinpapier
und samtbezogenem Deckblatt

*

Ich steige die Montagne Sainte-Geneviève herunter und gehe an der Seine entlang.

Die Türme von Notre-Dame heben sich gegen den wolkenverhangenen Himmel ab. Im schmutzigen Strudel des Flusses treiben kahle Äste. Es zerreißt mir das Herz, wenn ich an die Selbstmörder denke, die sich von den Brücken stürzen und schnell verscharrt werden, von grünlichem Wasser aufgedunsen, oder die sogar spurlos verschwinden, aufgelöst in den schlammigen Zuflüssen zum Meer. Es sind vor allem junge Frauen wie ich, die den Tod durch Ertrinken sanfter finden, als sich die Pulsadern aufzuschneiden oder mit einem Karabiner in den Kopf zu schießen.

Ich kann nicht schwimmen, habe es niemals gelernt.

Manchmal, nachts, steigt in mir ein salziger Schwall hoch, dessen morbider Geschmack noch mehrere Stunden nach dem Erwachen anhält. Aus welchem tiefsten Inneren kommen diese Gedanken? In welchem Abgrund haben sie sich eingenistet? Ich weiche ihnen aus, aber sie lassen sich nicht abschütteln. Ich laufe davon, drehe mich um und fühle mich von allen Seiten belauert. Ich renne, aber meine Beine versagen ihren Dienst. Manchmal falle ich auf die Knie. Ich möchte verschwinden, mich in Luft auflösen.

*

Bei Sennelier gehe ich zwischen den rohen Holzregalen voller Farbtuben und Buntstifte umher. Am liebsten würde ich alles kaufen, ohne eine Auswahl treffen zu müssen. Ich prüfe die verschiedenen Staffeleien, die aus geölter Buche und die einfacheren, weniger teuren aus Kiefernholz. Ich decke mich mit Pinseln und Bürsten ein und suche einige weiche Tuben mit Andrés Lieblingsfarben Grün und Grau aus. Dann gehe ich beladen mit meinen Einkäufen den Boulevard Saint-Michel hoch.

»Hébuterne! Hébuterne!« Eine fröhliche Stimme ruft meinen Namen. »Hébuterne!«

Jemand packt mich bei den Hüften und hebt mich hoch. Ich lasse meine Pakete fallen, ohne mich zu wehren.

»Chaim! Sammle die Tüten auf, das Material von Sennelier darf nicht vergeudet werden.«

Jemand trägt mich im Laufschritt davon.

»Komm mit, Chaim, und zwar *subito!*«

Ich habe nie schreien können, selbst dann nicht, wenn André in den Schlafzimmern in Galluis Gespenst spielte und schreckliche Töne ausstieß oder mich in der Dämmerung in den finsteren Wald schleppte. Ein dumpfes Lachen entrang sich dann meiner Kehle, sodass er schließlich rief: »Hör auf, Jeannette, du machst mir Angst.«

Jetzt ist es ähnlich, dasselbe verrückte Lachen.

Amedeo Modigliani trägt mich wie einen Stoffballen senkrecht über der rechten Schulter. Er rennt am Gitterzaun des Jardin du Luxembourg entlang davon.

Ein Typ mit Boxergesicht, auffallend großer Nase und schlechten Zähnen rennt neben uns her. Er jault wild, wiegt sich in den Hüften, tanzt um uns beide herum und fuchtelt mit seinen mageren Armen durch die Luft. Seine mit Zeitungspapier ausgestopften Holzpantinen klappern auf dem Pflaster.

»Deine Flamme hat Zaster, um Farben zu kaufen. Sie hat es nicht nötig zu klauen wie wir. Sie wird niemals auf dem Polizeirevier enden, deine Spießerin.«

Der Kerl hüpft in einem für ihn viel zu weiten, über seiner ausgemergelten Brust offenen schwarzen Anzug herum.

Er hüstelt, verkrampft sich, brüllt, richtet sich wieder auf und reißt plötzlich eine Pistole aus der Innentasche seines Jacketts. Er zielt auf die nackten Äste der Platanen.

»Modi hat Herzschmerz. Wir feiern heute die große Liebe, die dich an den Rand des Wahnsinns bringt. Schalom Hébuterne! Schalom!«

Die beiden Komplizen schleppen mich in die Rue Michelet. In der Rue Joseph-Bara tritt Modigliani mit dem Fuß das Eingangstor auf und setzt mich ab.

»Ich konnte mich im August 1914 nicht bei der Legion verpflichten. Die Idioten in der Rue Saint-Dominique … Sie hielten mich für genauso schwach wie Ortiz de Zarate. Tuberkulös, kränkelnd mit all diesen üblen Eigenschaften, die sie mir anhängten. Unfähig, ein fünf Kilo schweres Lebelgewehr zu handhaben, sagten sie. Aber sieh, wie stark ich bin. Ich stelle dir Chaim vor.«

»Chaim Soutine, genau genommen«, sagt dieser und verbeugt sich. »Sehr angenehm, Hébuterne. Und jetzt lasse ich euch allein. Ich habe besseres zu tun, als euer Tugendwächter zu sein. Adios! Adios!«

Die Tür fällt hinter der gebeugten Gestalt ins Schloss. Das Geräusch seiner Holzpantinen entfernt sich. Man hört ihn lauthals singen: »Die Liebe ist ein Kind der Boheme, sie kennt kein Gesetz.«

Plötzlich krachen drei Schüsse.

»Dass mir niemand zu nahe kommt! Lasst mich durch! Ich bin müde.«

Die beiden waren mir seit Tagen gefolgt. Sie wussten, wo ich wohnte – Rue Amyot 8 bis, letzte Etage unter dem Dach, eine Wohnung mit Kamin, Fischgrätparkett, Stuckdecken, nicht sehr groß, aber komfortabel. Sie hatten Nachforschungen angestellt.

Wie kann man nur in so einer bürgerlichen Umgebung malen?

Amedeo kannte nur feuchte, im Winter eiskalte, im Sommer brütend heiße Ateliers. An meiner Stelle hätte er lieber im Freien gehaust, wäre nachts in den Katakomben umhergeirrt oder hätte unter den Brücken Feste mit seinen Clochard-Freunden gefeiert.

Er hatte sehr wohl festgestellt, womit meine Tage ausgefüllt waren. Mit *niente!* Manchmal, nicht jeden Tag, zur Akademie gehen. Zurückkommen. Keine Freundin. Kein Interesse an Cafés oder den Galerien der Rue Mazarine und der Rive droite? Die Rive droite existiert nicht. Wie konnte ich nur so arbeiten, zwischen Mama und Papa wie in einem Käfig eingesperrt, völlig abgeschottet von der Außenwelt? Es gab gute Gründe, sich tiefdruckmäßig zu fühlen.

(Er benutzt genau dieses Adjektiv »tiefdruckmäßig«, das bringt mich zum Lachen, während ich es schreibe. Ich könnte sehr gut jemandem, der sich heute nach meinem Befinden erkundigt, eine Antwort geben. Ich fühle mich tiefdruckmäßig. Ich bin wie das Wetter, bewölkt und manchmal sehr unfreundlich.)

Chaim Soutine und er waren in der Kurzwarenhandlung gewesen, um Bindfaden zu kaufen. Der *padre* … Es fehlte ihm nur noch der Schtreimel! Mit dem grau melierten Bart und dem dunklen Anzug ähnelte er den alten Juden aus Livorno. Er hatte sie misstrauisch durch seine Nickelbrille gemustert. Chaim hätte beinahe seinen Revolver gezogen, um ihm eine Lektion zu erteilen.

Einige Tage später wollten sie an der Gare d'Orsay in den Zug nach Galluis steigen. Es war kurz vor Weihnachten. Aber sie hatten kein Geld für die Fahrkarte und dann ... mit Chaim war es unmöglich, unentdeckt durchzukommen. Es kam nicht selten vor, dass sie aus dem einen oder anderen Grund eingelocht wurden: unerlaubter Waffenbesitz, Schlägereien, Saufgelage.

»Jetzt ist es Zeit, sich *bonjouir* zu sagen. Ja, *bonjouir*, Hébuterne!«

»Bonjour.«

»*Bonjouir*. So sagt man hier in Montparnasse, um sich einen lustvollen Tag zu wünschen ... Du bleibst bei mir. Ich will nicht, dass du mir wegläufst. Hab' keine Angst.«

»Ich habe keine Angst.« Ich bekräftige: »Überhaupt keine Angst«, obwohl dieses *bonjouir* mich in Angst und Schrecken versetzt.

»Du zitterst.«

»Nein, ich zittere nicht.« (Ich zittere.)

Er nimmt mich bei der Hand und zieht mich hinauf zur ersten Etage.

Eine Tangomelodie ertönt aus einem Phonographen mit Schalltrichter.

Amedeo Modigliani deutet auf dem Treppenabsatz einen Tanzschritt an, eins vor, eins zurück, fasst mich um die Taille und drängt mich in das Atelier von Leopold Zborowski.

*

In dem Augenblick, in dem ich die Schwelle überschreite, verschwimmt alles. Direkt gegenüber ist auf die nackte

Mauer das aufgedunsene Gesicht von Chaim Soutine gemalt. Er mustert uns mit erschöpfter Miene unter hängenden Augenlidern. Aber aus seinen dicken, zinnoberroten Lippen kommen wilde Verse: »Was schert ihn euer Leben, macht keinen großen Tanz, luscht ihm nur den Schwanz!«

Die Umrisse des Ateliers verschwimmen im orangefarbenen Nebel.

Zarte Bewegungen meines Beckens, Wogen meiner Hüften.

»Jeanne ist von reinstem Wasser«, sagte mein Bruder zu seinen Freunden.

Ich verliere den Faden.

»Hände weg!«, betonte er.

Die klare Stimme, die mich ständig begleitet, alles was ich tue, kommentiert und es mir erlaubt, an manchen Abenden alles in diesem Heft festzuhalten, scheint schwächer geworden zu sein.

Am liebsten würde ich mich in Galluis unter einem weichen Plumeau verstecken, mich der Welt der Lebenden und dem Blick Modiglianis entziehen.

Er zeigt auf das Sofa in der Mitte des Raumes , als würde er spüren, dass mein Körper schwach wird.

Er zeichnet auf ein loses Blatt.

Das Kratzen des Stifts auf dem Papier unterbricht die Stille. Luftbläschen entweichen seinen Bronchien. Er hält inne, atmet in kurzen Stößen, holt ein Taschentuch aus seiner Jacke und verbirgt dahinter seinen Mund, um auszuspucken.

»Beweg dich nicht.«

Ich sitze da, die Hände auf den Oberschenkeln, zu keiner Bewegung fähig.

Er wischt sich den Mund ab, faltet das Taschentuch zweimal und steckt es in die Innentasche seines Jacketts.

»Deine Schönheit hat sich noch nicht voll entfaltet, du bist zu jung, Hébuterne. Du wirst einmal eine schöne alte Dame sein. Schade ... weil ich tot sein werde, bevor ich das sehen kann, deine feinen Gesichtszüge und die Fältchen in den Augenwinkeln. Ja, du wirst eine schöne alte Dame sein, wie meine Mutter.«

Er stellt das Porträt innerhalb weniger Minuten fertig.

»Sie ist nicht dick geworden wie all die anderen Italienerinnen. Sie ist mit dem Alter zarter geworden.«

Er holt eine Fotografie aus der Brieftasche, die einen Duft von Ambra-Parfum verbreitet. Eugénie Garsin in jungen Jahren.

»Genau dasselbe Parfum wie deines. Das verwirrt mich am meisten.«

Der Abzug zeigt eine wohl proportionierte Frau in einem weiten, gestreiften Kleid. Sie hat einen kleinen Jungen auf den Knien. Er möchte herunter. Er zappelt. Aber sie hält ihn fest. Sie hat ihn immer Dedo genannt. Mein allerliebster Dedo.

»Sie hat große, mandelförmige Augen. Graugrüne Augen, deren Farbe sich je nach Stimmung verändert, ein bisschen wie deine.«

Er fährt mit der Hand über das ovale Gesicht seiner Mutter. Die schwarzen Haare sind in der Mitte streng gescheitelt.

»Vor zwanzig Jahren hat sie mich schon sterben sehen. Tuberkulose, heftige Fieberanfälle, zerfressene Lungen ... Sie blieb an meiner Seite, ich fantasierte, sagte sie. ›Ich gebe dir von meiner Kraft, nimm sie.‹ Sie blieb Tag und Nacht ganz nah bei mir. Ich fühlte ihren Herzschlag. Ich war vierzehn Jahre alt. Sie wollte ihr Leben für meines geben.«

Er steckt das Foto zurück und zeigt mir seine Zeichnung.

Das bin wohl ich, Jeanne Hébuterne, in Großaufnahme. Keinerlei schmückendes Beiwerk.

Ein schiefer Schwanenhals. Lange, dicke Zöpfe. Die Perlenkette, die ich jeden Morgen von Mama ausleihe. Mein Körper versunken in den Tiefen des Wollmantels.

Doch die Augenhöhlen sind fast leer.

»Bist du enttäuscht?«

Er hat meine Augen weggelassen.

»Du schaust nach innen.«

Mein Gesicht ist nur eine Maske. Niemals zuvor habe ich ein solches Porträt gesehen.

Er schreibt in Großbuchstaben senkrecht »Hébuterne« neben die Kappe und fügt in einer Ecke des Blattes hinzu: *Für Jeannette, 30. Dezember 1916.* Er unterzeichnet mit seinem Namen Modigliani, das *g* und das *l* seitlich ineinander verschlungen.

»Ich bin sicher, dass du dich niemals im Spiegel anschaust.«

Seit André an der Front ist, sehe ich mich nur noch bruchstückhaft, ein Auge, das sich in einem Schaufenster spiegelt, eine leichte Bewegung der Schulter oder des Ellbogens im Spiegel meines Frisiertisches.

Den großen Spiegel habe ich zur Wand gedreht.

Früher kämmte mir André abends vor dem Zubettgehen minutenlang die Haare. Jetzt hilft mir Mama jeden Morgen, die Zöpfe zu flechten.

Amedeo Modigliani beugt sich zu mir und nimmt mein Kinn in die Hände.

»Du fürchtest dich davor, den beginnenden Verfall in den Mundwinkeln zu entdecken, das Erschlaffen der Wangen …«

Ich habe Angst, unter der Haut die Knochen zu sehen, das, was nach dem Tod von mir übrig bleiben wird.

Er gibt mir einen Kuss auf den Mundwinkel. Ich schließe die Augen.

Plötzlich sehe ich mich an einem glühend heißen Sommertag in Galluis auf einem Teppich aus verdorrtem Gras liegen. Ein Schmetterling mit rötlichen Flügeln flattert um mich herum. Ich versuche vergeblich, ihn mit einer schnellen Handbewegung zu fangen.

»Weshalb zu deinem Heil ich denk' und ordne, dass du mir folgst; ich will dein Führer sein …«

»Geleiten werd' ich dich durch ew'ge Räume …«

»Dante! Ich liebe nur Dante und die *Gesänge des Maldoror*. Jetzt kannst du nach Hause zu deinen Eltern gehen, Mädchen. Ich muss alleine sein.«

1917

Manche Mädchen verspüren die Drang, ihren Seelenzustand täglich einem Tagebuch anzuvertrauen. Ich nicht. Ich glaube nicht, dass man Stimmungen in Worte fassen kann, solange man unter ihrem Einfluss steht. Ich habe meine Gefühle in den hintersten Winkel meines Gehirns verbannt und mich in mein Zimmer eingeschlossen.

Ich arbeite.

Eine Ansichtskarte, die André vor dem Krieg bei einem Trödler gekauft hatte, diente mir als Vorbild für das Porträt einer Bretonin. Die weiße Haube, das schwarze Kleid, gekreuzte Hände wie bei einer Ruhenden, eingefallenes, verschlossenes Gesicht. Ich hatte schon alles skizziert außer dem schwierigsten: die Stimmung, die mein Modell umgab. Stundenlang habe ich mich herumgequält mit der Darstellung der mit Blattgold verzierten Uhr aus Holz und des Kamins links oben am Rand.

Ich habe nicht lockergelassen, habe mich in der Nacht wieder dran gesetzt, beim bläulichen Licht meiner Öllampe, denn meiner Meinung nach sollte die Umgebung die Persönlichkeit und ihre Gefühle ausdrücken und ihre Zeit widerspiegeln.

Mit dem Ergebnis bin ich nicht unzufrieden. André würde mich für dieses Porträt beglückwünschen. Du machst Fortschritte, Schwester. Amedeo Modigliani dagegen würde mich schärfstens kritisieren wegen des akademischen

Stils und der jansenistischen Farben. Weder »streng« noch »finster«, sondern jansenistisch. Löse dich von den geltenden Regeln und wage dich auf unbekanntes Terrain. Da wirst du vielleicht etwas Interessantes zustande bringen.

Das Schreiben hat mir keinerlei Erleichterung verschafft. Seit dem Tag, an dem mich Amedeo auf dem Boulevard Saint-Michel entführt hat, habe ich das Tagebuch nur ein einziges Mal aufgeschlagen.

Was ist nur mit mir los? Ich habe mich in dem Viertel ganz in der Nähe meines Elternhauses entführen lassen, dort, wo wir Mama hätten begegnen können oder einer ihrer Bekannten aus der Pfarrgemeinde, die mich auf dem Weg zum Einkaufen angestarrt hätte. Zu Hause hätte sie dann zu ihrem Mann gesagt: »Seit die kleine Hébuterne diese Malschule in Montparnasse besucht, ist sie verloren. Rettungslos verloren.«

*

Der ganze schneereiche und eisige Januar ist vergangen, ohne dass ich Amedeo Modigliani wiedergesehen habe. Ich bin dennoch jede Woche in der Akademie gewesen.

Die großen Gesten, mit denen er seine Worte unterstreicht, der Singsang seiner Stimme haben mir nicht gefehlt. Doch mitten in der Nacht weckte mich sein schönes Gesicht, das Verlangen nach seinem Mund, der meinen sanft berührt, die Lust, die Fältchen um seine Augen zu streicheln, seine Hände, die meine Hüften umfassen.

Ich meinte, Chaim Soutine mit seinem grobknochigen Körper und den in der Luft herumfuchtelnden Armen gesehen zu haben, wie er um das Geschäft von Papa herumstrich. Durchs offene Fenster meines Zimmers schien es mir, ihn Verse vor sich hin brummeln zu hören. »Siehe da, mit seiner Riesenflöte treibt er der Jungfrau ins Gesicht die Röte!«

Hat man ihn beauftragt, mich wieder zu verfolgen?

»Und ich, der Jude aus Smilawitschy, der arme Schlucker, der Gequälte, der ich *nada* von Racines Sprache verstehe, werde es noch besser sagen: »Siehe da, mit seinen Flötentönen entlockt er der Jungfrau lautes Stöhnen!«

Doch es handelte sich nur um einen von Haus zu Haus hinkenden Clochard, der in den Mülltonnen herumwühlte, mager und rußgeschwärzt wie diejenigen, die ich für das Buch von Neel Doff zeichne.

*

Heute früh – eine Ansichtskarte.

Mama wirft einen kurzen Blick darauf. Da es nicht die runde und ordentliche Handschrift ihres Ältesten ist, hält sie mir die Karte hin, ohne ihr weitere Beachtung zu schenken. Für sie zählen nur Nachrichten ihres geliebten André.

Seit Beginn des Krieges existiere ich für sie nicht mehr.

Unausgesprochene Anordnung, noch unsichtbarer zu werden als vorher, mich aufzulösen im täglichen Schweigen, ruhig, zurückgezogen in meinem Zimmer in der Rue Amyot; arbeiten, nicht in den Straßen herumstreunen nach der Sperrstunde. Mama möchte kein Gerede, keinerlei Gerüchte in der Nachbarschaft, wie sie die Mädchen aus der Pfarrgemeinde provozieren, die von einem Tag auf den anderen am Arm eines Soldaten auf Urlaub erscheinen, nicht einmal verlobt, eine Schande für ihre Familie.

Die Karte zeigt eine Ansicht des Eiffelturms im Bau, die Art von Fotografie, die Touristen in die Heimat schicken, um stolz zu sagen: »Ich war dort! Ich war in Paris!«

Bonjouir, Ungeheuer! Komm mit uns, mit mir und meiner Bande von Irren, zum Karneval im Bal Bullier. AM
PS: Mittwoch, 22 Uhr

Ich lasse sie in den Metallschlitz meines Frisiertischs neben der Post meines Bruders verschwinden.

»André, Amedeo. Amedeo, André.«

Ich stelle sie einander vor.

»Für euch lege ich mein zinnoberrotes Herz auf den Tisch. Vorhof und Herzkammer, Hohlvene, Aorta ... Rötliches Fleisch, zum Verzehr dargeboten. André, verzeih ihm, dass er nicht bei dir im Schützengraben ist: Der Herr ist lungenkrank, hat erweiterte Bronchien, die sich mit Partikeln füllen und ihm einen brennenden Schmerz in der Brust verursachen. Du lässt für ihn keine Entschuldigung zu. Schade. Er ist weder Pazifist noch Antimilitarist. Er wollte mit der Legion in den Krieg ziehen, aber die Legion wollte ihn nicht. – Amedeo, hier ein Maler ersten Ranges: mein Bruder, gewiss verkannt, doch seine kleinformatigen Bilder, die kleinen Täler, die Landschaften in Deckfarbe sind einen Blick wert. Ich werfe ihm nur vor, dass er an den geltenden ästhetischen Regeln festhält.«

Bis er in den Krieg zog, schleppte mich André zweimal in der Woche in den Louvre, kaufte mir Monografien über Chardin und Rembrandt, über Maler aller Epochen und Stilrichtungen, aber nur Klassiker, ausschließlich Klassiker.

Ich gab vor, sie abends zu lesen.

Zu meinem Bedauern wollte er die Blütezeit der Impressionisten, des Pointillismus nicht zur Kenntnis nehmen. Er sprach niemals von Seurat oder Monet, nicht einmal von Cézanne. Er besuchte Salons und bestimmte Galerien der Rive droite, ließ aber kein Wort darüber verlauten.

Ich setze meinen Monolog fort, als ob sie beide neben mir brav auf dem Bett meines Bruders säßen, mir zuhörten und mich bewunderten.

»Was für ein Jammer ... André zeigt überhaupt kein Interesse an zeitgenössischen Künstlern, nur seine Schwester, die er gegen ihren Willen zur Akademie Colarossi mitgenommen hat. Ich wäre lieber zu Hause geblieben. Mich der Welt auszusetzen, hat mir immer Angst gemacht. Die Fauvisten? Henri Rousseau? Matisse? Für ihn existieren sie nicht. Er hat die Revolution der Farben nicht verdaut, die großen Flächen und die anatomischen Verformungen, von denen du in deinen Kursen sprichst. Die gequälten Gesichter von Soutine, seine Stillleben mit bluttriefenden Fleischstücken würden bei ihm Brechreiz hervorrufen.«

»Mit wem sprichst du, Jeannette?«, fragt Mama von der Küche her.

»Du hast mich sprechen hören?«

Ich nehme die Karte wieder zur Hand und prüfe die fahrige Handschrift von Amedeo Modigliani. Seltsame Einladung.

Der Karneval in Paris war drei Jahre hintereinander wegen des Krieges abgesagt worden. Jedes Jahr drucken die Zeitungen zur gleichen Zeit ihre Schlagzeilen in fetten Lettern. Die Leitartikler erklären, dass man sich hinter der Front nicht mehr amüsieren darf, nicht mehr tanzen, trinken, lachen oder singen: »Das Ende der Unschuld wird nicht in lärmenden Straßenfesten gefeiert. Wir schulden unseren Soldaten und ihren trauernden Familien unsere volle Unterstützung.«

Der Tanzpalast Bal Bullier ist seit Herbst 1914 ein Munitionsdepot.

Ich lese die Karte noch einmal.

Bonjouir, Ungeheuer! Komm mit uns, mit mir und meiner Bande von Irren, zum Karneval im Bal Bullier. AM

PS: Mittwoch, 22 Uhr

Ich entwerfe zwei Antworten, die meine Verwirrung ausdrücken.

Ja! mit großem, großem Vergnügen! JH

Diese kindliche Wiederholung des Adjektivs verwerfe ich schon beim Wiederlesen.

In den Ferien in der Bretagne macht es mir Spaß, zu malen, zu lachen, allein im Rauschen des Waldes spazieren zu gehen und im Garten von Galluis oder am Ufer der Ellé unter freiem Himmel zu schlafen. Aber ich verabscheue lärmende Feste und Leute, die wie von Sinnen schreien und gestikulieren. Also nein, ich werde nicht kommen. JH

Aber, ehrlich gesagt, was weiß ich schon von Festen? Es kam vor, dass ich mich in den Sommernächten auf bretonischen Tanzveranstaltungen amüsiert habe, immer unter der strengen Aufsicht von Mama, die auf einer Bank auf mich wartete. Aber ich habe keine Ahnung, wovon in den Zeitungen die Rede ist: »Diese Verderbtheit, die unseren Soldaten schadet. Denken diese Ausländer, diese Germanenfreunde daran, die auf den Wunden unseres Vaterlandes herumtrampeln?«

Ich signiere mit »JH« wie auf allen meinen Bildern in Großbuchstaben, denn ich will nicht, dass man mich als Malerin identifiziert.

Nichts wäre für mich schrecklicher als jedwede Bemerkung darüber, dass ich kein Mann bin; dass Kritiker, Händler oder Käufer, sollten sie sich eines Tages für meine Arbeit interessieren, darauf anspielen, dass ich damit eine »weibliche Ästhetik« ausdrücke.

Im Moment bin ich niemand. Ich bin nichts als diese Initialen JH, das kann mir nur recht sein.

Ich durchsuche meine Kartons nach einem Briefbogen, finde aber nur einen mit dem Briefkopf der Kurzwarenhandlung *Achille Hébuterne* und einige Ansichtskarten – doch welche nehmen? Die Ansicht von Cluny? Den Glockenturm von Quimperlé, wo wir unsere Sommermonate verbringen? Die Ellé, die sich zwischen Sträuchern und Böschungen dahinschlängelt? Eine meiner Zeichnungen? Nichts davon ist mir recht.

Ich antworte Amedeo Modigliani nicht.

Doch noch am selben Abend schneidere ich mir ein Indianerinnen-Kostüm aus goldbraun gemustertem Zebrastoff, den Papa vom Saint-Pierre-Markt mitgebracht hat.

*

Die Feuerleiter ist nur für den Schornsteinfeger und die Feuerwehr vorgesehen. Sie ist zu weit entfernt von meinem Zimmerfenster. Ich kann sie von der Brüstung aus nicht erreichen, selbst wenn ich mich hinauslehne und den Arm weit ausstrecke.

Ich bin zwar schwindelfrei, aber ich gebe den Versuch auf, mich auf diesem Weg aus der elterlichen Wohnung davonzustehlen.

Ich warte, bis die Eltern im Bett sind, bis das regelmäßige Schnarchen von Papa und das Quietschen des Bettgestells zu hören sind, wenn Mama sich zur Wand dreht.

Ich mache die Nachttischlampe wieder an. Über mein Nachthemd mit Zickzackborte streife ich das Fransenkostüm, ziehe grobmaschige Socken und Wollhandschuhe an. Um den Kopf binde ich ein breites Stirnband, in das ich eine leuchtend gelbe Feder stecke. Auf die Wangen male ich jeweils drei Striche mit dem Lippenstift, den Mama nicht mehr benutzt, seit André an der Front ist.

Ich bin fertig. Ich schließe die Zimmertür und schleiche über das Parkett.

Ein Gespenst.

Ich lasse meine kleinkindlichen Ängste hinter mir.

Jetzt bin ich eine Sioux in den menschenleeren Gebirgsregionen Amerikas, die den Gefahren der winterlichen Nacht die Stirn bietet.

Jetzt bin ich frei.

Ich sause die fünf Etagen hinunter, laufe in Richtung Rue Joseph-Bara, ohne darauf zu achten, wo ich hintrete. Wasser aus einer Pfütze schwappt in meine Stiefel und durchnässt meine Socken. Ich gleite auf einer Eisplatte aus, finde gerade noch Halt an einer dreckigen Mauer, bleibe einen Moment an der Ecke Boulevard Saint-Michel und Rue l'Abbé-de-l'Epée stehen.

Keine Menschenseele weit und breit, kein Soldat, nur die trügerische Ruhe der Sperrstunde.

Die Platanen im Jardin du Luxembourg bewegen sich leicht im Nachtwind. Ich atme tief ein, eisige Luft, ich hauche meine klammen Finger an.

Vorwärts!

Bei der Ankunft in der Rue Michelet bietet sich mir ein spektakulärer Anblick. Ich treffe auf einen Harlekin, einen Napoleon, einen Vampir in seinem ausgepolsterten Sarg, eine Frau im Badeanzug, einen Stierkämpfer und einen Asiaten im Ballkleid. Ein splitternackter Mann trägt auf dem Rücken einen riesigen Käfig, in dem eine junge Frau im Nerzmantel wie ein Kanarienvogel zwitschert.

Dicht aneinandergedrängt, schlendern sie an den Gärten des Observatoriums und der pharmazeutischen Fakultät entlang. Sie wiegen sich in den Hüften zum dumpfen Klang einer Trommel.

Man reicht mir eine Flasche mit süßlichem Likör.

»Trink dieses süße Blut, Mädchen. Und vor allem, vögle! Vögle, was das Zeug hält. Zum Schlafen hast du alle Ewigkeit.«

Hinter der Truppe geht aufrecht Amedeo in seinem schwarzen Mantel, das Gesicht hinter einer afrikanischen Maske verborgen, und deklamiert: »Ich bin der Finstere, der Witwer, der Untröstliche, der aus der Verdammnis wieder auferstandene Fürst.«

Er nähert sich mir und gibt vor, mir den Hals mit der Sense durchzuschneiden, derselben, die der Tod mit sich führt, wenn er sein Opfer holen kommt.

Er nimmt seine Maske ab.

Sein weiß gepudertes Gesicht und die schwarz umrandeten Augen verleihen ihm ein morbides Aussehen. Ähnlich den übertrieben geschminkten Verstorbenen, die mit gekreuzten Händen daliegen und denen man die Stirn küsst, bevor sie in den Sarg gelegt werden.

»Alles ist befremdlich hier«, murmelt er, »die Geräusche, die Farben, die Regeln des Anstandes, die Gerüche, der Stil der Leute, die Dächer voller Raureif, das schwache winterliche Licht. Man kann zwei, drei, ja zehn Leben haben wie die Katzen, ein öffentliches Leben auf Pump und ein Leben im Verborgenen, das sich den Blicken entzieht. Wer kann hier sagen, dass er mich wirklich kennt? Wer von all diesen Freunden kann es wagen, das zu behaupten?«

Er stellt sie mir vor.

Moise Kisling, der nackte Mann, der die Vogel-Frau trägt, Sohn einer reichen Familie aus Krakau, Maler. Er bewohnt ein Haus mit Personal, ist reicher als Picasso. Er ist vierschrötig, hat einen dunklen Teint und eine Topffrisur. Dichte, schwarze Augenbrauen wachsen an der Nasenwurzel zusammen. Ich zwinge mich, sein Gesicht und nur sein Gesicht zu fixieren, um nicht den Rest sehen zu müssen, den Wanst, den dichten Haarwuchs auf der Brust, sein Geschlecht, das zwischen den Schenkeln baumelt, die Hoden, die Umrisse der feisten Pobacken und auch nicht die ledernen Gurte, die den Käfig tragen und ihm unter den Achseln in die Haut einschneiden. Nicht hinsehen, nur nicht hinsehen. Ich habe vor diesem Abend noch nie einen Mann völlig nackt gesehen, noch nicht einmal André.

Max Jacob, der napoleonische Soldat.

Blaise Cendrars in einem Clownskostüm. Einen Arm hat er im Krieg verloren.

Picasso, nicht verkleidet und schlecht gelaunt.

Cocteau als Harlekin, der ihn hofiert. Er träumt davon, seine kleine männliche Muse zu werden.

»Aber Picasso schert sich nicht darum, denn er schert sich nicht um andere. Ich weiß nicht einmal, warum er überhaupt noch vor die Tür geht, wenn er eingeladen wird.«

André Breton, mit schwarzen, zurückgekämmten Haaren, verbirgt sein Gesicht hinter einer grinsenden Maske und bewegt sich langsam, mit der Anmut eines Tänzers, eine Sense in der ausgestreckten Hand.

Als hinkender Neptun pikst Chaim Soutine mit einem Dreizack die Damen in den Hintern. Er schneidet Grimassen und reimt: »Ich könnte deinen Hintern kitzeln und dich mit meinem Schwanz bespitzeln.«

Amedeo leckt nacheinander die drei roten, mit Lippenstift gemalten Striche von meinen Wangen. Ein Schauer läuft mir über den Rücken. Auf der hellen Haut meines Halses erscheinen hektische Flecken.

»Aber der größte Dichter aller Zeiten fehlt heute Abend: Apollinaire. Er liegt im Militärhospital Val-de-Grâce. Er empfängt uns in seinem Zimmer in Uniform, immer noch genauso leidenschaftlich engagiert für das Vaterland, bereit, schon morgen wieder loszuziehen und sich auf dem Feld der Ehre verheizen zu lassen. Ich sehe sehr wohl, dass er hinkt, seit er am Kopf operiert wurde. Ich liebe ihn. Ich liebe ihn und er hinkt! Und dich liebe ich auch.«

Er umfasst meinen Nacken mit beiden Händen.

»Aber hinkst du, meine Kleine? An irgendeiner Stelle deines Gehirns musst auch du hinken, sonst würde mir mein Herz nicht dermaßen weh tun.«

Meine Hand umklammert den Gürtel seines Mantels.

»Trink, Hébuterne! Das ist ein Befehl.«

Ich trinke aus der Flasche, ich, die bis zu diesem Abend noch nie einen Tropfen Alkohol getrunken hat.

Mit seiner Sense deutet Amedeo auf ein rundes Gesicht mit Bubikopf, das ich zuerst einem dieser schönen Jünglinge zuschreibe, mit denen gewisse Künstler sich umgeben.

»Kiki, eine der unglaublichsten Töchter von Montparnasse. Völlig kaputt! Von Geburt an vernachlässigt, immer auf der Suche nach der großen Liebe ... Und nun, Jeannette, hör nicht auf zu trinken, denn sonst wirst du dir den Tod holen.«

Er streckt seine Sense gen Himmel.

»Hörst du? Du wirst dir den Tod holen!«

Wie ein Wasserspeier lässt er Rum aus seinem halb geöffneten Mund in meinen fließen. Er reicht mir seine Zigarette, die von Speichel getränkt ist. Ich halte mich immer noch am Gürtel seines Mantels fest, weil ich Angst habe, ihn zu verlieren.

Vor dem Tanzpalast Bal Bullier sind Tische aufgestellt und an den Straßenlaternen hängen bunte Lampions. Ein Plakat verhöhnt die Sperrstunde: *Nieder mit den Soldaten, nieder mit dem Krieg, nieder mit den Toten und dem unterdrückten Vaterland!*

Kiki klettert auf einen Tisch und küsst die Frau im Nerz mitten auf den Mund. Sie wiegt sich in den Hüften und zieht sich aus.

»I am Kiki! Kiki from Montparnasse and from a little village of Bourgogne ... You know the Beaujolais ...« Sie zieht ihre Show ab. »Yes, my name is Kiki. I don't speak good English, aber genug, um mit den rich Americans zu schlafen, die sich auf der Terrasse der Rotonde wichtigtun. Never for the money, immer für die Liebe. Wollen sie mit mir schlafen? I love the cowboys. Und vor allem: I love – die Liebe!«

Unter Pfiffen und Beifall streichelt sie sich mit einem Lasso, bevor sie am Arm eines Gespensts durch die Gassen in Richtung Val-de-Grâce verschwindet.

Ich weiß nicht, wie lange wir dort sind.

An den Fenstern Leute, sie schimpfen und spucken, werfen mit Eiern nach uns und gießen ihre schmutzigen Nachttöpfe aus.

Amedeo bildet mit den Händen einen Trichter vor dem Mund und schreit: »Wir sind Nachtschwärmer, Nachteulen und Nachtwandler ... Wir sind der Schrecken der verschlafenen Bürger in ihren Nachthemden. Wir stören euren von stinkenden Ausdünstungen umwaberten Schlaf.«

Der Alkohol schützt mich vor der Kälte.

Alles ist in Bewegung geraten. Die Pflastersteine flattern wie tausend welke Blätter herum. Die Platanen schauen mich mit ihren weit aufgerissenen Augen an. Ihre Rinde schuppt und schält sich. Bald werden ihre Stämme vollständig verdorrt und nur noch nackte Äste übrig sein, die an den Sternen hängen. Vor der Closerie des Lilas ist Marschall Ney verschwunden. Der gute Mann in Bronze hat sich in Luft aufgelöst. Komm zurück, Fürst von der Moskwa! Ich habe niemanden, mit dem ich reden kann.

Benommen lasse ich mich auf eine Bank fallen. Die Frau im Nerz setzt sich neben mich. Ihr halb offener Mantel entblößt eine runde Brust, deren Warze durch die Kälte hart geworden ist. Sie trägt mehrere Rosenkränze um den Hals gewunden. Jede Perle zeigt Maria: Die schwangere Maria auf einem Esel; Maria mit Jesus als Säugling auf dem Arm; Maria, die suchend zum Himmel schaut, ein goldener Lichtkranz über ihren blonden Haaren.

Die Frau flüstert: »Er ist schön, hat eine magnetische

Anziehungskraft. Gesichtszüge von erstaunlicher Klarheit, ein echter Römerkopf. Er gefällt dir, unser Modi, das sieht man. Er zieht dich in seinen Bann. Du solltest ihn nicht länger nur ansehen, sondern mit ihm schlafen. Ja, schlaf mit ihm. Er ist wie ein Gott im Bett.«

Sie fährt mit ihrem Zeigefinger um meinen Mund.

»Du siehst aus wie ein Bild von Botticelli. Du musst ihm gefallen, mit diesem besonderen Aussehen.«

Sie fährt an meiner Nase entlang. »Gerade … reizend … Schlaf doch mit ihm! Worauf wartest du noch?«

Ich bin schrecklich verlegen. Bei mir zu Hause spricht niemand über diese Dinge. Die Hébuternes sind zweigeteilt. Nur der obere Teil zählt, das Gehirn zum Nachdenken, die Hände zum Malen und eventuell zum Schreiben.

Nur einmal hat mich André flüchtig zwischen den Beinen berührt, dann aber abschließend bemerkt: »Verzichte und du wirst frei sein. Nur Nonnen sind frei, denn sie sind keusch. Alle anderen Frauen sind von ihren körperlichen Begierden abhängig.«

Eines Nachts, ich war zehn Jahre alt, wartete ich, bis mein Bruder schlief, um mich unter der Decke zu befühlen, mit den Fingern an mir herumzuspielen und den angenehmen, warmen Geruch einzuatmen. Doch diese kleine Höhle hat mir immer ein bisschen Angst gemacht.

Die Frau im Nerz untersucht mich weiter.

»Milchig weißes Gesicht, biblische, orientalische Schönheit. Du bist noch ein Baby am Rockzipfel der Mama. Unter den Händen von Modi wirst du eine richtige Frau werden. Hast du Angst vor dem Sex? Lass ihn machen! Du wirst es nicht bereuen. Aber sei nicht zu besitzergreifend … Er entzieht sich allen, die verrückt nach ihm sind.«

Ein Pierrot verfolgt einen Harlekin und ohrfeigt ihn. Eine Frau im Badekleid reißt einem Stierkämpfer die Kappe vom Kopf.

Amedeos Stimme ertönt: »Alle geraten sich in die Haare, das endet immer so. In Scaramuccia!«

Die Frau im Nerz hat sich aus dem Staub gemacht. Nach und nach werden meine Glieder steif. Ich fühle mich wie weggetreten und die Stimme meines Bruders dringt gedämpft wie aus weiter Ferne zu mir.

Was machst Du bloß in diesem Bordell unter freiem Himmel? Geh sofort nach Hause. Glaubst Du etwa, ich amüsiere mich? Ich bin ständig in Lebensgefahr. Weißt Du, dass ich mich nach jeder Schlacht wundere und freue, lebendig in das Halbdunkel des Schützengrabens zu meinen Freunden, den Ratten und Kakerlaken, in das brackige Wasser und den Gestank hinabzusteigen? Und Du, Du trinkst, spielst und tanzt, bist vernarrt in einen kleinen Juden ohne Talent. Eine Schande, Schwesterchen!

Ich sehe André vor mir, lehmbedeckt, durchnässt in einem kalten, matschigen Graben. Sein Mund ist verzerrt. Seine Hände sind schwarz von Dreck und fremdem Blut, von Resten klebriger Hirnmasse.

Er verschwindet ebenso plötzlich, wie er aufgetaucht ist.

Ich übergebe mich in den Rinnstein.

Chaim Soutine pikst mich mehrfach mit seinem Dreizack in den Hintern.

»He, Hébuterne, du trinkst wohl zu gern?« Er pikst mich in die Brust. »He, Mädchen! Los, mach die Augen auf! Schlaf nicht ein, sonst wird der Knochenmann dein Kätzchen kitzeln.«

Ich sehe sein vernarbtes Gesicht und seine platte Nase dicht vor mir.

Amedeo verjagt ihn: »Hau ab, Schurke!«

Dann: »Komm, wir gehen ins Warme.«

Er hebt mich hoch und trägt mich auf der Schulter durch die Rue Assas. Die Häuser fliegen schnell an mir vorbei. Ihre Fensterläden verformen sich und fließen an den Fassaden herab. Die Skulptur der *Maternité heureuse* an der Frontseite der Geburtsklinik Tarnier ist verschwunden, wie vorhin der Fürst von der Moskwa seinen Sockel verlassen und mich mit meiner Übelkeit alleingelassen hat.

Ich möchte heulen und schreien. Mein Bruder! Ich muss nach Hause! Sofort! Bring mich zu Papa und Mama!

Aber ich bekomme keinen Ton heraus.

*

Oh Schwester, ich möchte Deine Seele retten, aber sie läuft mir davon. Du sahst so brav aus in Galluis, als Du in meinen Armen einschliefst. Selbst als wir uns bis aufs Blut stritten, bereit, uns mit ausgefahrenen Krallen und hasserfülltem Blick wegen einer Nichtigkeit gegenseitig niederzumachen, schienst Du mir so sanft. Und was sehe ich jetzt? Eine verdorbene Schlampe. Eine Trinkerin in den Armen eines fünfzehn Jahre älteren Mannes. Deine Pupillen haben ihren bläulichen Glanz verloren, sie sind stumpf geworden.

Die Stimme meines Bruders, eindringlich wie immer.

Papa schläft friedlich. Er schläft wie ein Murmeltier. Du erinnerst dich, wie wir uns amüsierten, als wir klein waren.

Wir konnten ihn am Bart ziehen, neben seinem Bett herumtoben und lauthals singen: »Dansons la capucine, y a pas de pain chez nous!« Nichts konnte ihn aus seinem Tiefschlaf wecken.

Aber Mama fährt jede Nacht aus dem Schlaf hoch, stellt sich mein trauriges Schicksal als Soldat vor, während ich mich von Brief zu Brief mehr anstrenge, ihre Sorgen zu zerstreuen. Ich mache ihr etwas vor. Die Kakerlaken und Wanzen krabbeln über unsere Feldbetten, aber wir sind gut genährt, mach Dir keine Sorgen, Mama. Wir ziehen mit vollem Magen in den Kampf, das ist schon mal nicht schlecht.

Diese verfluchten Deutschen gönnen uns keine Atempause, ehrlich gesagt verballern sie ihre lächerliche Munition, knattern zum Schein herum, manchmal nur, um uns zu erschrecken. Aber wir sind viel besser bewaffnet, ganz zu schweigen von der unglaublichen Intelligenz unseres Generalstabs … Es lebe das Vaterland! Es lebe Frankreich!

Neulich nachts auf Wache habe ich einen Soldaten, der auf unseren Schützengraben zurobbte, niedergeschossen. Ich habe nicht gezögert. Peng, zwischen seine grausamen Augen. Mit zwei Kugeln habe ich unsere Einheit vor einem Blutbad gerettet. Ich werde bald mit Auszeichnungen zurückkommen. Du kannst stolz auf Deinen Sohn sein, Mama.

In allen ihren Briefen verdächtigt mich Mama ausnahmslos, dass ich sie hinters Licht führe.

»Ich kenne Dich gut, mein Dédé. Ich weiß, dass Du lügst, um mich zu schonen. Gott schütze Dich.«

Sie hat recht. In Wirklichkeit ist es hier schlimmer als in ihren übelsten Albträumen. Was meine Heldentaten angeht, so beschränken sie sich auf die Angst zu verrecken, die mir die Eingeweide zerreißt. Es nützt mir nichts, ans Paradies zu glauben, Christus im Herzen zu spüren und um seine unendliche Barmherzigkeit zu wissen. Ich kann noch so viele Vaterunser beten und lauthals singen: »Salve, Regina, mater misericordiae. Vita, Dulcedo et spes nostras, salve«, und vor jedem Angriff: »Ad te clamamus, exsules filii Hevae«, nichts kann meiner Vorstellung den Schrecken nehmen, in Stücke gerissen zu werden. In Stücke reißen, kein anderes Wort trifft es besser. »Ad te suspiramus, gementes et flentes in hac lacrimarum valle.«

Wenn Du sehen könntest, was ich sehe. Wenn Du hörtest, was ich höre. Wenn Du fühltest, was ich fühle. »Der Geruch menschlichen Blutes geht mir nicht aus den Augen« – dieser Vers von Aischylos peinigt mich Tag und Nacht und auch zwischendurch, wenn ich mich schon für tot halte in der Tiefe eines Grabes, zu dem niemals jemand, selbst Du nicht, kommen wird, um es zuzuschütten.

Ich weiß nicht mehr, wie ich meinen Bruder zum Schweigen bringen kann. Seine frömmlerische Stimme hüllt mich ein, verfolgt mich.

Sei still, André, sei still!

Mama kann sich keine Sekunde lang vorstellen, dass ihre kleine Tochter ihr bei Einbruch der Dunkelheit entwischt, völlig außer Kontrolle gerät und sich wie eine Hure benimmt.

Die Eltern vertrauen Dir, Jeannette. Sie wähnen Dich brav schlummernd unter der Bettdecke in unserem Zimmer. Sie sind blind. Und Du, Du legst es darauf an, unsere Verbindung zu zerstören, seit Du diesem stümperhaften Maler von Schundbildern begegnet bist.

Das Echo der Worte meines Bruders reicht bis in das Atelier in der Rue Joseph-Bara, wo Amedeo mich hinschleppt.

Früher hast Du auf mich gehört.

Du hörst nicht mehr auf mich.

Du gehst in die Irre, Jeanne.

Ich bete mit lauter Stimme zu meiner Heiligen von Lisieux, damit Du wieder zur Vernunft kommst. Aber wenn Du Dich darauf versteifst, mit diesem kleinen Juden zu gehen, werde ich Dich holen kommen. Ich werde Dich in Ville-d'Avray einsperren oder Dich zu den Nonnen in Galluis bringen. Hast Du jemals an den schweren Fehltritt gedacht? Worüber man niemals spricht. Mama ist unfähig, darüber zu sprechen. Der schwere Fehltritt. Der über die Hébuternes auf Jahrhunderte hinaus tiefste Schande brächte. Ich werde dieses Drama verhindern. Dein kahl geschorener Kopf unter dem Schleier. Dein Körper hinter Festungsmauern, die mit rostigen Eisenzacken ausgerüstet sind. Ich werde Dich nicht besuchen kommen, auch nicht Achille Hébuterne, der immer so schnell bereit ist, sein Töchterchen zu verteidigen, noch Eudoxie Hébuterne. Und Dein Operetten-Modigliani wird Dich in den Armen von anderen lasterhaften Schlampen vergessen.

»Ich werde nicht wiederkommen, André!«

Amedeo setzt mich vor der Tür von Zborowskis Atelier ab.

Ich torkle, ich schwanke. Ich wiederhole schreiend: »Ich werde nicht zurückkommen, André! Lass mich in Frieden!«

»Wer ist dieser André? Du hast also einen Verlobten, Mädchen? Welch elende Nachricht für mich, der dich für ungebunden hielt.«

*

Amedeo legt mich auf die Couch.

Er umfasst mein Gesicht mit beiden Händen: »Also, von jetzt an bin ich dein Verlobter.«

Er zieht meine durchnässten Socken und Handschuhe aus und pustet mir seinen von Likör und Cognac geschwängerten Atem in den Nacken.

»Vergiss die Wände des Ateliers. Vergiss den Ball, den Lärm, schließ die Augen ... und schau in dich hinein.«

Die Hitze im Garten von Galluis zu Beginn des Sommers. Ich liege dicht neben André. Das hohe Gras streicht leicht über meine bloßen Arme und Schultern, von denen die Träger meines Blümchenkleides herunterrutschen. Es ist Ende August 1912, der Himmel strahlend blau. Unsere Haut ist von einem feucht glänzenden Film bedeckt. Mein Bruder streicht mit der Hand über meine Haare vom Ansatz bis zu den zur Taille herabreichenden Spitzen.

Damals hatte er noch keinen Schnurrbart. Er sah noch wie ein ganz junger Mann aus. Wir hatten uns in der Nähe eines Wäldchens zwischen dem Gartenzaun und dem Fluss weiter unten versteckt.

»André, wo bist du? André!«

Mama hat immer so sehr um ihren Sohn gebangt, dass ihr Gesicht schon vor ihrem vierzigsten Lebensjahr von Sorgenfalten gezeichnet war. Trotz ihres schwungvollen Gangs und ihrer straffen Brust sieht sie aus wie eine alte Frau.

»Einige Wochen nach dem Aufbruch an die Front hat er sich nach seinem ersten Urlaub einen Schnurrbart wachsen lassen … Sein Aussehen hat sich verändert, die Haare sind kurz geschoren, die Ohren frei.«

»Pst.«

»Er sieht so ernst aus auf der Fotografie, die er mir geschickt hat. Seine Augen haben ihren Glanz verloren. Er schaut in die Ferne, man weiß nicht genau wohin. Er ist körperlich da, sieht aber ganz verloren aus. Er wirkt wie ein Blinder.« Die Feldbetten sind ordentlich gemacht, Handtücher trocknen auf einer Leine, ein Tintenfass und lose Blätter befinden sich geordnet auf dem Schreibtisch. André sitzt gesittet da, die Hände auf dem Tisch.

»Ich mag dieses Foto nicht, das ist nicht mehr er. Ich wusste nicht, dass man sich dermaßen verändern kann.«

»Vergiss deinen kleinen Verlobten!«

Amedeos flüsternde Stimme schläfert mich ein. Er liebkost mein Gesicht, meinen Mund und meine Nase, wie zuvor die Frau im Nerz.

Ruckartig fahre ich hoch. »Hör auf! Ich muss nach Hause! Sofort.«

Er reicht mir einen Pullover voller Farbflecken. »Einverstanden, dann geh.«

Aber anstatt den Pullover überzustreifen, ziehe ich das Fransenkostüm, die Jacke und den Rock aus. Ich entblättere mich.

Der goldbraun gestreifte Zebrastoff liegt zerknüllt am Boden. Ich trete darauf herum. Das Nachthemd mit der gezackten Litze rutscht über meine Oberschenkel hoch. Mit einer schnellen Geste ziehe ich es aus.

Hier ist mein Körper.

Hier ist er, der so sehr der Form einer Amphore aus Terrakotta gleicht, der mir meistens im Weg ist, für den ich mich gewöhnlich schäme, splitternackt, wie ich ihn niemals jemandem zeige, nicht einmal Mama, wie ich ihn niemals selbst anschaue.

Eine kurze Drehung und man sieht meinen nackten Hintern: Ich bin im Überschwang meiner Gefühle. Ein Schauer erfasst mich. Ich bewege die Arme in alle Richtungen, meine Armreifen klimpern wie eine kleine Begleitmusik an den Handgelenken.

Ich vergesse die Schwere meiner Brüste und Hüften, meine X-Beine. Meine plötzliche Unbeschwertheit erstaunt mich. Ich tanze, bewege die Beine wie ein Vogel auf Stelzen.

Amedeo ergreift meinen Arm, unendliche Liebe erfasst meine Seele. Ich setze mich auf seine Knie und sinke in mich zusammen.

Rühr mich nicht mehr an, Amedeo, ich habe Angst vor deinen Händen auf meiner Haut, vor dem Verlangen, das mich verzehrt, vor unseren bebenden Stimmen, ich muss gehen, ich fürchte mich vor deinen Worten, lass mich gehen, zu meinen Eltern, ich möchte hier nicht einschlafen vor lauter Angst, verrückt nach dir wieder aufzuwachen.

Ich öffne die Augen, kämpfe mit mir.

Das Atelier erscheint deutlich vor mir.

Bunte Stoffbahnen hängen von der Decke.

Afrikanische Skulpturen und antike weibliche Skulpturen schmücken die Regale.

Leinwände verschiedener Stilrichtungen hängen an den Wänden.

Eine nackte Frau in der Badewanne.

Unterholz im Herbst, rot und blau gesprenkelt.

Eine Collage von Picasso … oder doch von Juan Gris?

Mehrere Zeichnungen von Modigliani sind mit Nadeln an der Wand befestigt, Porträts von Frauen, mit sicherer Hand skizziert, wie jenes, das er Ende Dezember von mir gemacht hat. Sie sind sinnlich, erscheinen mir sehr lebendig, der Zeit und ihrem Alltag enthoben.

Amedeo wirft mir eine Wolldecke über die Schultern und schiebt mich ins Treppenhaus.

Es ist nicht mehr so dunkel wie beim Karnevalsfest.

Ich fliege.

Ich fliege, beflügelt von meiner Kühnheit.

Ich weiß nicht, durch welche Straßen ich nach Hause gehe.

Es ist fast sechs Uhr, als ich unser Wohnhaus in der Rue Amyot betrete. Das Schaufenster der Kurzwarenhandlung ist noch nicht erleuchtet.

Im Spiegel der Eingangstür nehme ich eine Silhouette wahr. Ich zucke bei dem Gedanken zusammen, es könne sich um die Hausmeisterin oder meinen Vater handeln, der dabei ist, durch den Lieferanteneingang seinen Laden zu betreten.

Aber ich bin es nur, Jeanne Hébuterne, geboren am 6. April 1898 in Galluis, wiedergeboren in der Nacht vom 16. Februar 1917 unter den Augen von Amedeo Modigliani.

Jeanne Hébuterne.

Mein Spiegelbild verschwimmt, verschwindet, kommt zurück. Mir fallen die Augen zu. Ich könnte auf der Stelle einschlafen, hier in der Eingangshalle, aufrecht mit dem Rücken an der Holzvertäfelung. Ich schaffe es, die fünf Etagen hochzusteigen und in mein Zimmer zu gelangen. Ohne mich vorher auszuziehen, sinke ich ins Bett. Der Sprungrahmen quietscht unter meinen Gewicht. Ich befehle ihm leise: »Sei still! Sei still!« Auf dass die Eltern noch ein wenig weiterträumen. Pst. Dass sie weiter glauben mögen, dass ich ihre nette, kleine Tochter bin, eine Jungfrau, der das körperliche Verlangen Furcht einflößt.

Sie werden bald aufwachen und im Stehen in der Küche einen Schluck Kaffee und eine Scheibe Mischbrot ohne Butter zu sich nehmen. Ohne zu merken, dass diese Nacht mich meilenweit von ihnen und André entfernt hat, meilenweit von ihren Wunschvorstellungen, die sie nicht müde werden, unablässig zu wiederholen.

*

Mehrere Monate sind vergangen.

Wir haben uns fast jeden Tag gesehen.

Amedeo Modigliani empfängt mich in der Rotonde. Er hält dort Hof wie ein Fürst und wird mit alkoholischen Getränken versorgt, noch bevor er sie bestellt hat. Er zeichnet auf Tischtücher, provoziert seine Tischnachbarn, beginnt jeden Satz mit »Ihr Bürger, da!« und uriniert auf die eleganten Schuhe der Damen.

»Ich bin weder Chef noch Arbeiter. Ich bin frei, denn der Künstler ist frei und führt ein außergewöhnliches Leben.«

Er hält Vorträge, umgeben von Freunden und Frauen, die sich davonmachen, sobald sie mich sehen.

»Hast du ihm den Laufpass gegeben, deinem Schätzchen?«

Ich versichere ihm, dass André mein Bruder ist, aber schon am nächsten Tag fragt er mich wieder: »Hast du ihn abserviert? Und zwar ohne die geringste Mühe, will ich hoffen.«

Und beim nächsten Mal: »Schwör es mir und spuck vor mir aus, damit ich an deinem Speichel sehen kann, dass du die Wahrheit sagst!«

Manchmal treffe ich ihn im Atelier von Zborowski. Er malt. Er hält Selbstgespräche. An der Sprache, die er von seiner Mutter in Livorno gelernt hat, scheint er Gefallen zu finden. Seit er vor etwa zehn Jahren nach Paris gekommen ist, spricht er sie fließend.

Schon im Alter von sechs oder sieben Jahren versank ich oft stundenlang in tiefem Schweigen. Wovor wollte ich fliehen? Meine Schweigsamkeit beunruhigte meine Mutter damals sehr. Sie konsultierte unseren Hausarzt, mehrere Kinderärzte, Neurologen, den Pfarrer von Saint-Jacques-du-Haut-Pas, bis Papa eines Tages zu ihr sagte: »Jeanne ist eben so.«

Eben so.

Sie hat nie mehr von mir erwartet, dass ich wie die anderen Kinder meines Alters draußen ausgelassen herumtollte. Ich nähte Kleider für meine Puppen, zeichnete und eiferte meinem Bruder nach, der sich sonntags in den Garten von Galluis zurückzog, um seine kleinen Aquarelle zu malen.

Amedeo ergeht sich in schwärmerischen Reden.

Er durchschaut die Leute.

Er ist weder ein Verrückter noch ein Narr. Er hat seherische Fähigkeiten.

Man muss den Rahmen sprengen, im menschlichen Fleisch herumstochern und die inneren Organe durchwühlen, an der Oberfläche von Rembrandts *Anatomie des Dr. Tulp* und von Velásquez' *Venus vor dem Spiegel* schaben und kratzen.

Er verzichtet auf die Darstellung von Blut und Eingeweiden. Zu krass, um eine Wahrheit zu vermitteln. Er ersetzt das Gesicht durch eine afrikanische Maske und die

Behaarung … die Körperbehaarung … Der Moschusgeruch der Frauen lässt ihn in seinen Bildern nicht los. Er will diesen sinnlich-erotischen Wohlgeruch wieder wahrnehmbar machen, den der weibliche Körper beim Sex und der Hingabe verströmt. Und ganz besonders die Wohlanständigkeit weglassen. Schluss mit der Etikette und all dem akademischen Getöse.

Wenn ich ein Porträt male, muss ich das gesamte Umfeld einbeziehen … Ich muss mir vorstellen, wo meine Personen leben, zu welcher Zeit, was sie trinken oder lesen und welche Musik sie lieben. Schumann oder Beethoven. Ob sie halbe Toscano-Zigarren rauchen wie mein Bruder oder Kautabak bevorzugen.

»Du warst da, Hébuterne? Ich habe dich nicht gesehen.«

Ich will sogar wissen, in welchen Geschäften sie einkaufen. Das soll nicht heißen, dass diese Details in meinem Bild sichtbar werden.

»Komm morgen wieder. Dann kannst du mir deine Arbeit zeigen.«

Amedeo geleitet mich ohne Abschiedskuss hinaus.

Manchmal begleitet mich Amedeo durch die Alleen des Jardin du Luxembourg. In seiner Gegenwart leuchtet alles in einem orangegelben Licht, als ob ich keinen Zugang mehr zu den milchigweißen Farbabstufungen hätte, die meine eigenen Bilder umgeben.

Wir gehen im gleichen Rhythmus schweigend nebeneinander her. Plötzlich beschleunigt er seine Schritte, zieht mich im Laufen hinter ein Gebüsch, bedeckt mein Gesicht mit Küssen oder hebt meinen Rock hoch, um meine Schenkel zu streicheln.

Ich lasse ihn gewähren. Jede Gegenwehr ist zwecklos.

Niemals denke ich an den »großen Fehltritt«, diese Schmach, die mich in die Hände einer Engelmacherin an der Place Pigalle treiben würde, einer abscheulichen Schreckensgestalt, die mich vielleicht sogar töten könnte. Ein Stich mit der Stricknadel in meine Eingeweide und ich würde verbluten. Das wäre das Ende. Man brächte Papa und Mama meinen alabasterweißen Körper. Sie würden vor Kummer sterben, ohne auf die Rückkehr von André zu warten.

Amedeo scheint auch nicht darüber nachzudenken. Wir sprechen niemals darüber.

Ich lasse ihn gewähren.

Er geht mit mir in ein Hotel am Boulevard Raspail oder in der Rue Sainte-Beuve. Der Empfangschef kennt ihn gut. Guten Tag, Herr Modigliani, für Sie das blaue Zimmer. Für Sie die Mansarde mit der Sternentapete. Für Sie die Suite im Empire-Stil mit Himmelbett und bordeauxroten Samtvorhängen. Die letztere immer dann, wenn aus Livorno Geld angekommen ist.

Auf der Treppe kein Wort, nur unsere Atemzüge.

Ich werde eins mit ihm, er wird eins mit mir, sein Speichel, mein Speichel, sein Blut, mein Blut. Unsere Körper vereinigen sich schließlich, wir verschmelzen mit Haut und Haaren. An meinem Ohr seine heisere Stimme, sein stoßweises Luftholen, als ob er durch meine Bronchien atmete.

Mein Körper strahlt immer noch Hitze ab, lange nachdem ich mich hinter dem Paravent im eisernen Becken gewaschen habe.

Dann fühle ich für einen Augenblick, dass ich keine

zweigeteilte Hébuterne mehr bin, bei der der Kopf den Unterleib ausschaltet.

Ich bin eins. Ich gehöre ihm.

Ein unbändiges Begehren hat meine Melancholie besiegt.

Es ist mir gelungen, den Tod von mir fernzuhalten.

Ich genieße das Leben in vollen Zügen.

*

Manchmal schlafe ich einfach ein, das Gesicht im Kopfkissen verborgen, um mich seinen Blicken zu entziehen. Mit halb geöffnetem Mund wird mein Atem ruhiger. Das Kommen und Gehen in den Fluren des Hotels, die Geräusche von der Straße, nichts kann mich wecken.

Das kann Stunden dauern.

Mein Atem passt sich dem seinen an. Ich weiß, dass Amedeo nicht schläft. Er versucht, sich meine honigfarbene Haut, die Konturen meiner Lippen, die Wölbung meiner Brüste und meine kindlich entspannte Haltung einzuprägen.

*

Ich schwänze die Kurse in der Akademie, um ihn wiederzusehen. Meinen Eltern erzähle ich, dass ich im Auftrag der Nationalversammlung mit Kollegen an einem patriotischen Projekt arbeite, einem Wandgemälde über die Geburt der Dritten Republik.

Wenn Papa mich ausfragt, gebe ich bereitwillig Auskunft – auch wenn das eigentlich nicht meine Art ist. Normalerweise habe ich nichts Eiligeres zu tun, als mich in

Schweigen zu hüllen. Ich beschreibe die Gesichter und die ernsthaften Gestalten von Thiers, Clemenceau, Gambetta und Ferry bis ins Detail. Ich schmücke meine Erzählung mit Angaben über die Niederschlagung der Pariser Kommune, die Szenen der Massaker und die Palette verschiedener Rottöne aus, die wir verwenden. Ich fabuliere über die Anleihen bei Delacroix, dessen Bild *Die Freiheit führt das Volk* wir nachempfinden und dass wir dabei mehrere Trikoloren nach Art der Kubisten einfügen.

»Dieser Stil, diese Sujets sind ganz neu für dich«, erwähnt Papa mir gegenüber.

Ich gehe nicht weiter darauf ein.

Aber in der Küche lasse ich auf der Arbeitsplatte schnell hingeworfene Skizzen liegen. Außerdem mehrere Werke über die Pariser Kommune, unveröffentlichte Erinnerungen des Marschalls MacMahon.

Ich bin eine kleine Lügnerin geworden.

*

Die Tage ohne Amedeo erscheinen mir endlos lang.

In der Rue Amyot gibt es nicht die geringste Veränderung. Weder die Seife in der Seifenschale aus Holz auf dem Spülstein noch die Tellerstapel in der Anrichte oder die in der Küche aufgehängten Töpfe. Das Buch von Abbé Lamennais liegt unverändert auf der Lehne des Sessels, in dem sich Papa nach dem Essen niederlässt. Der schwarze Schal von Mama hängt wie immer bei den Jacken und Mänteln in der Diele.

Alles ist an seinem Platz, wo es Mama allabendlich vor dem Schlafengehen hinräumt. Jeden Morgen wischt sie feucht durch, samstags putzt sie das Silber und bohnert das Parkett. Kein Stäubchen auf den Möbeln oder auf dem Boden.

Nach mehreren Stunden getaner Arbeit im Haushalt setzt sie sich einige Minuten hin, reibt ihre trockenen Hände aneinander und sagt jedes Mal denselben Satz: »Jetzt ist es so sauber, dass man vom Boden essen könnte.«

Ich bekomme keine Luft mehr, ähnlich wie Amedeo manchmal, wenn seine Bronchien entzündet sind und er fiebrig und bleich am Ende seiner Kräfte darnieder liegt.

Stundenlang schließe ich mich in meinem Zimmer ein, der Länge nach auf dem Boden ausgestreckt. Ich starre an die Decke und warte darauf, dass etwas passiert.

Ich öffne und schließe immer wieder mein Tagebuch, kann aber nichts zu Papier bringen, außer dem Namen meiner großen Liebe. Während all dieser Monate fehlen mir die Worte, um aufzuschreiben, was in mir vorgeht. Es gelingt mir schon gar nicht, sein schönes Gesicht zu zeichnen, auf diesen Seiten auch nur eine Spur davon zu hinterlassen für die traurigen Tage, die ich auf mich zukommen sehe.

Ich, die ich immer ohne Pause gearbeitet habe, bin plötzlich unfähig, etwas zu tun. Völlige Leere.

*

Rothaariges Mädchen, Jeanne Hébuterne. Jeanne Hébuterne mit Glockenhut.

Als Akt auf einer Couch, zusammengekauert, ausgestreckt auf einem blauen Kissen, sitzend im Hemd.

Leinwände mit dickem Farbauftrag. Eine ebenso warme wie sinnliche Farbskala. Mit Kohle skizzierte Entwürfe.

Überall ich.

Ich im Übermaß an den Wänden des Ateliers von Leopold Zborowski bis zur Decke. Ich, sinnenfreudig auf Bildern, die auf dem Boden oder unvollendet auf einer Staffelei stehen. Ich, mit geneigter Kopfhaltung, direkt neben dem Porträt von Soutine. Mein kupferfarbenes, dichtes Haar fällt lose über die Brust.

Ich entdecke Anmut in diesem von einem goldenen Schimmer umgebenen Körper, wie ich ihn vorher noch nie gesehen habe.

Ich entdecke mich unter den Händen von Amedeo Modigliani.

Mein Blick begehrt ihn. Mein purpurner Mund verlangt nach seinem.

Ich bin eine Frau mit azurblauen Augen.

Ich bin eine Frau.

Ich wende den Kopf nach rechts und nach links, drehe mich um die eigene Achse. Ich bin hier und da und dort wie in einem Spiegelkabinett, das mein Bild unendlich oft wiedergibt.

Leopold Zborowski steht neben mir. Er trägt einen taillierten grauen Anzug und eine wollene Krawatte. Ein dünner Bart lässt sein Gesicht älter erscheinen.

Er trägt eine zufriedene Miene zur Schau.

»Ich habe sehr viele davon im Untergeschoss meiner Galerie, Rue de Seine, nicht nur von dir, aber sehr viele von dir …«

Seine Ehefrau Hanka reicht mir schwarzen Tee. Sie sieht elegant aus in ihrem cremefarbenen Tüllkleid. Alle beide sind gekleidet wie die vornehmen Leute sonntags auf dem Vorplatz der Kirche in Galluis.

Ich war schon öfter in ihrem Atelier in der Rue Joseph-Bara, aber jetzt begegne ich ihnen zum ersten Mal.

Sie wohnen hier seit einem Jahr, beherbergen Künstler und Lunia Czechowska, eine junge blonde, zurückhaltende Freundin, deren Mann an der Front ist. Sie legt mir eine Hand auf die Schulter und betont die Silben, als wolle sie ihren polnischen Akzent überspielen.

»Was unterscheidet dich so von den anderen, dass er dich nicht mehr loslässt, unser Modi? Zeig mir deinen Mund, lass mich dein Haar berühren … deinen weißen Hals … Du sagst ja gar nichts. Sagst du niemals etwas?«

Auch sie hat er gemalt, einige Tage, nachdem er ihr begegnet war. Zuerst nahm er sie in einen Film von Louis Feuillade mit. Sie waren essen bei Rosalie, sind im Jardin du Luxembourg spazieren gegangen. Dann hat er sie ins Vorzimmer einer Galerie in der Rue Huyghens mitgenommen, um sie zu zeichnen. Vierzehn Porträts.

»Ich konnte es ihm nicht abschlagen. Beinahe hätte auch ich ihm nicht widerstehen können. Doch mit ihm zu schlafen hätte bedeutet, ihn zu verlieren. Ich habe es vorgezogen, seine Freundin zu bleiben.«

Habe ich ihn verloren? Habe ich ihn an dem Karnevalsabend verloren, als ich nackt vor ihm tanzte, im Gebüsch des Jardin du Luxembourg, als ich ihn meine Schenkel streicheln ließ, oder in den Hotelzimmern, in die er mich mitschleppte, als er mir die Kleider vom Leib riss und jeden Millimeter meiner Haut abschleckte?

Ich habe es zugelassen, dass er mich nahm, ohne jemals nein zu sagen. Ohne jeden Widerstand, ohne jede Kraft, mich seinem Verlangen zu widersetzen.

Immerhin hatte André mich vor den Männern gewarnt.

Denk an deine Ehre, an die unserer Familie und vergiss die »Sache« nicht. Die Macht der »Sache«.

Leopold und Hanka setzen sich nebeneinander auf die Couch, die mitten im Zimmer steht.

Im Schlafwagen zwischen Krakau und Paris schreibt sie manche seiner Gedichte nieder, wenn er sich beklagt, seine Inspiration verloren zu haben. Am nächsten Morgen gibt sie ihm die Blätter und lässt ihn in dem Glauben, dass er sie ihr mitten in der Nacht betrunken diktiert habe. Er schreibt sie noch einmal selbst ab, unterzeichnet sie und schickt sie nach Polen, wo sie in einer Tageszeitung veröffentlicht werden.

Die Sätze, die er beginnt, führt sie für ihn zu Ende. So muss Liebe aussehen nach vielen gemeinsamen Ehejahren.

»Wir kennen dich schon. Amedeo spricht nur von dir … Jeanne Hébuterne. Jeanne Hébuterne. Jeanne Hébuterne. Er hört nicht mehr auf. Noch nie hat er so viel gearbeitet. Er kann nicht mehr ohne dich sein … Ohne dich kann er nicht malen.«

Je mehr sie reden, desto mehr fühlt sich meine Kehle an wie zugeschnürt.

»Beatrice hat ihn verrückt gemacht. Seine dröhnende Stimme, seine Saufereien, sein Drogenkonsum … ›You gonna kill me, Modi‹, heulte sie. Aber am Ende hätte sie ihn vermutlich ins Verderben gezogen, ein Messerstich, eine Überdosis Kokain. Er war nur kreativ in den Phasen dazwischen … Dann, wenn sie nach London fuhr oder ihm ankündigte, ihn zu verlassen. In der übrigen Zeit suchte er sie überall in Paris. Er schrieb ihr sentimentale Gedichte, die er nackt unter den Fenstern ihrer Wohnung in der Rue Norvins deklamierte …«

Wo soll ich nur meine Ellbogen lassen? Geht etwa der Verschluss meines Kleides auf und entblößt meine armseligen kleinen Brüste?

»Bevor er dich kennenlernte, hat er noch nie so viel gearbeitet.«

Hat mein Strumpf eine Laufmasche?

Wohin nur mit meinen Händen?

Alle diese Frauen vor mir ... Diese erfahreneren, schöneren, intelligenteren Frauen – Künstlerinnen, Dichterinnen, Journalistinnen und dann diese Huren, die keine Angst vor seinem nackten Körper haben, keine Angst davor, sein Geschlecht in den Mund zu nehmen, die weder Krankheit noch Schwangerschaft fürchten, diese Huren, die ihn mit gespreizten Beinen erwarten, offen, freizügig, die es nicht eilig haben, sich danach zu waschen, schmachtend, feucht, von Neuem bereit für sein Verlangen.

All diese Gedanken, all diese Worte.

»Dein Amedeo ist doppelt so viel wert wie Picasso. Du wirst sehen, eines Tages wird er reich sein, sehr reich. Und wer weiß, welche Wirkung das Geld auf ihn haben wird ... Vielleicht wird er aufhören zu malen. Er wird es verschleudern, wie er immer das Geld verprasst, das seine Mutter ihm schickt. Und an einem einzigen Abend – futsch, kein Pfennig mehr. Er vertrinkt es. Er verteilt es mit vollen Händen, auch an Reichere, als er selbst es ist. Er gibt es für Weiber aus. Nimmt Drogen mit ihnen. Das wird schließlich unsere Chance sein. Wenn er mittellos ist, wird er vielleicht weiter malen.«

Knurrt mein Magen so oder klopft mein Absatz auf dem Parkett?

All diese Gedanken.

»Du solltest dich hinsetzen, Jeanne, du bist ganz blass.«

Mein Körper entschwebt, meine Seele vagabundiert, gänzlich darauf aus, nur noch unbewegt und erstarrt in den Bildern von Modigliani zu existieren.

»Wo ist Amedeo?«, gelingt es mir zu fragen.

Doch ich kenne die Antwort. Niemand weiß, wo er ist. Er verabredet sich und kommt entweder gar nicht oder Stunden zu spät. Wenn ich ihn finde, folge ich ihm und löse mich langsam auf in dem Bedürfnis, auf ihn zu warten oder mich in seinem Schatten zu bewegen. Ich weiß nicht mehr, wer ich bin.

Die Eingangstür wird mit lautem Getöse geöffnet.

Chaim Soutine kommt herein, mit blutunterlaufenen Augen, das Gesicht aufgedunsen vom Alkohol.

»Der Transalpiner ist tief gesunken, er ist in der Gosse gelandet.«

Er gibt Lunia Czechowska einen Kuss, mich übersieht er. Er fährt mit der Hand über die kaum getrocknete, dicke Kruste der Bilder von Amedeo. Er brummt: »Nach eurem Akt – malt er dich entspannt und nackt!«

Ein Spitzentuch bedeckt mein Gesicht, behindert meine Sicht. Ich falle in die Tiefe eines Brunnens, aus dem Zimbelklänge erschallen.

»Ich bin eifersüchtig!«, quengelt er. »Ja, furchtbar eifersüchtig, weil er mich durch diese Maid ersetzt.«

*

Im Lauf der Monate wird die Stimme meines Bruders immer schwächer.

Sie wispert abends noch ein bisschen, wenn ich das Licht

lösche und vergebens versuche, einzuschlafen, indem ich mich vom Rücken auf die Seite hin und her wälze.

Dieser Alte wird Dir Deine Anmut und Deine schöne Jugend rauben, Schwester.

Sie erscheint mir kraftlos.

Du kannst keinen Zeichenstift mehr halten. Du zitterst, sobald es darum geht, eine Landschaft oder den Hintergrund Deiner Porträts zu skizzieren. Es ist nur noch Platz für Deine große Liebe.

Sei still, André!

Aber er macht weiter.

Sieh der Wahrheit ins Gesicht: Du hast aufgegeben. Man meint, die Malerei, die Kreativität waren für Dich nicht lebenswichtig. So eine Vergeudung. Hast Du wenigstens an Papa und Mama gedacht? Deine Schandtaten … Sie werden vor Kummer sterben, wenn sie erfahren, womit Du Deine Zeit verbringst.

Sei endlich still.

Schließlich vertreibe ich seine Stimme.

Sie verstummt.

Amedeos Stimme überdeckt sie. Sie ertönt genauso laut und quält mich ebenso wie die meines Bruders.

»Du musst wieder anfangen zu arbeiten, Hébuterne. Ich möchte nicht, dass du so wirst wie diese kleinen, hohlen Modelle, die man schließlich in den Müll wirft, weil sie einem nichts mehr zu sagen haben. Ich möchte nicht, dass du deine jugendliche Frische verschwendest.«

Er wischt mit einer Handbewegung die Zeichnungen meines Bruders fort, die in einer mit seinem Vornamen versehenen Hülle stecken.

»Keinerlei Talent, gerade gut genug für Touristen-Porträts am Eiffelturm mit den Schmierfinken vom Dienst.«

Er breitet meine Entwürfe für das Buch von Neel Doff auf dem Tisch aus, außerdem Porträts, die ich von meiner Mutter gemacht habe, und ein Selbstporträt.

»Du hast Talent. Du darfst nicht länger bei deinen Eltern lebendig begraben sein, ohne zu arbeiten.«

Er hält mir herausfordernd ein Blatt Papier und einen Bleistift hin: »Stell dir vor, ich würde Pfeife rauchen.«

Jetzt hält er still.

Mit kräftigen Strichen zeichne ich ein längliches Gesicht, ein Auge geschlossen, das andere offen, voller Besorgnis in düstere Weiten blickend. Im Mundwinkel die Pfeife. Er sitzt im Speisewagen zwischen Livorno und Paris, die Hände auf dem weißen Tischtuch. Ein Kellner in Livree nimmt die Bestellung auf.

Er entreißt mir die Zeichnung, bevor ich damit fertig bin.

»Nicht übel.«

Man muss Distanz zu seinem Gegenstand wahren. Für meine Selbstporträts wähle ich immer eine mehrere Jahre alte Fotografie aus, als ob ich mir fremd und jenes Kleinkind mit Hütchen geblieben wäre, ruhig auf glattem Papier, oder jenes kleine Mädchen, das einen Strauß weißer Rosen in der Hand hält. Nicht zu viel Empathie.

In diesem Fall bin ich zu nah an dir dran.

All das möchte ich Amedeo sagen und wage es doch nicht. Aus Angst zu stottern, nicht die richtigen Worte zu finden, damit er sich nicht von mir abwendet. Kleine Närrin, du sollst malen, anstatt herumzufaseln.

Früher, in Galluis, habe ich mich neben André in einen Gartenstuhl gesetzt. Ich malte seine Bilder ab. Er mischte die Farben auf seiner Palette und führte meine Hand, hier ein Strich, da ein Farbauftrag.

Heute treffe ich Amedeo jeden Tag bei den Zborowskis. Ich gehe ohne zu klingeln hinein. Er bleibt auf dem Schemel sitzen, konzentriert auf seine geschwungenen Linien.

Nebeneinander sitzend nehmen wir die Modelle unter die Lupe, die er auswählt. In einem blauen Skizzenbuch macht er Notizen.

Ich benutze seine Palette und seine Pinsel.

Doch die Gemälde von Amedeo leuchten. Meine Bilder sind einfarbig und ohne Glanz. Am liebsten würde ich sie wegwerfen. Er möchte sie aufheben und nebeneinander ausstellen.

Mir sind sie peinlich, er stellt sie aus.

Mai–November 1917

Ich habe aufgehört, mir morgens Zöpfe zu flechten. Jetzt stecke ich die Haare zu einem lockeren Knoten hoch, der meinen Nacken freigibt und einen Schönheitsfleck unter meinem rechten Ohrläppchen erahnen lässt.

Ich pudere meine Wangen ein wenig und trage sogar Lidschatten auf.

Gerade bin ich neunzehn Jahre alt geworden.

Das lässt mich etwas älter erscheinen.

*

Mama sucht nach Spuren der Veränderung in meinem Gesicht und nach verdächtigen Zeichen an meinem Körper. Meine entspanntere Art zu gehen, der blaue Fleck am Hals, der damenhafte Knoten, der tiefere Halsausschnitt, ist das nicht ein Beweis?

Sie mustert mich prüfend, stellt aber keine Fragen.

Papa nennt mich immer noch sein »liebes, braves Mädchen«.

André hat seit einem Jahr keinen Urlaub mehr bekommen. Er wäre nicht so naiv gewesen. Er hätte mich pausenlos ausgefragt: »Wo gehst du hin? Wo bist du gewesen? Mit wem arbeitest du? Ihre Namen?« Er hätte meine Sachen durchwühlt und meine Notizen gelesen. Er hätte mich bespitzelt oder von einem seiner Kameraden beim Militär verfolgen lassen.

Ihm entgeht nie etwas.

Er schickt mir keine Postkarten mehr, nicht einmal zu meinem Geburtstag im April. Früher schrieb er mir zu Ostern schwärmerische Briefe.

Christus ist auferstanden, Christus ist wahrhaftig auferstanden! Lass Dich erleuchten, Schwester, öffne ihm Dein Herz, widerstehe ihm nicht.

Früher fehlte mir mein Bruder.

Oh Nacht, die uns das Licht wiedergibt, oh Nacht, die in seinem Glanz Christus unseren Herrn erlebt!

Sein Schweigen bedeutet Missbilligung.

Aus seinen Briefen an Mama spricht ganz unverhüllt Verzweiflung, sogar Mutlosigkeit, was ihm gar nicht ähnlich sieht.

Alles hier ist Schrecken und Finsternis. Ich war mehrfach in Granattrichtern verschüttet. Bin blutbespritzt herausgekommen und über Tote hinweggestiegen. Habe noch niemals so viel Eisen gesehen. Die kleine Thérèse erhört mich nicht mehr.

Bestimmte Sätze hat die Zensur geschwärzt.

Diese unerhörte Zahl an Toten. Alle meine Freunde verschwunden. Seither bin ich allein und habe Angst. Betet für mich, betet inständig.

Mama jammert herum. »Er ist nicht mehr er selbst.«

Sie bittet mich, ihm zu schreiben.

Aber was soll ich ihm schreiben?

*

Ich liebe einen Mann, André, und ich habe es einfach geschehen lassen.

*

Die Eltern bereiten ihren sommerlichen Aufenthalt in der Bretagne vor. Papa hat seine Abrechnungen gemacht und den Laden geschlossen. Mama bringt die Wohnung auf Hochglanz und packt die großen Lederkoffer, die wir nur im Sommer benutzen.

Ich suche nach Ausreden, um im Juli alleine in Paris zu bleiben.

Die Akademie ist geschlossen. Keiner ist mehr da, außer den Leuten, deren Existenz ich seit Monaten vor meinen Eltern geheimhalte. Amedeo. Lunia Czechowska. Hanka Zborowska. Leopold Zborowski. Ihre Freunde, die Nachtschwärmer. Kiki, Soutine, Ortiz de Zarate, Foujita und all die, deren Namen ich nicht kenne, die ich aber ständig im Cabaret Bal Nègre, im Treppenhaus der Rue Joseph-Bara, in der Akademie, der Rotonde oder am Carrefour Vavin treffe.

»Geh nicht weg, *principessa.*«

Wir liegen nackt im Zimmer eines dieser kleinen Hotels in der Rue Sainte-Beuve, das er für den Tag gemietet hat. Nach und nach zieht er die Haarnadeln aus meinem Knoten, wickelt mein Haar um seine Finger, Arme, Bauch und Schenkel. Er fesselt sich mit großer Sorgfalt.

»Verlass deine Eltern und zieh bei mir ein. Schämst du dich?«

»Ein bisschen, aber das geht vorbei.«

»Zieh zu mir in die Pension des Marronniers. Zieh zu mir, zu mir. Wenn nicht, werde ich langsam sterben, bis du zurückkommst, Jeanne.«

Immer diese Übertreibungen. Ich fahre nur einige Wochen weg. Er wird arbeiten, feiern. Ich werde ihm gar nicht so sehr fehlen.

Er schläft mit kindlich entspanntem Gesichtsausdruck und schweren Augenlidern ein. Dabei sagt er im Schlaf: »Ich liebe dich.«

Er sagt: »Ich liebe dich«, ich habe es genau gehört.

*

Am Tag unserer Abreise erwartet Amedeo mich auf dem Bahnsteig. Ich lese von seinen Lippen ein stummes »Bonjouir!« ab und wieder zerreißt es mich fast, dieses Lachen, das von weit her kommt, nervös, mein irres Lachen.

Papa läuft hin und her, um unser Gepäck zu verstauen. Im Rücken spüre ich den bohrenden Blick von Mama.

»Steigst du ein, Jeanne?«

»Ich schnappe noch ein bisschen Luft.«

Eilige Reisende schimpfen und rempeln mich im Gang an.

»Bleib nicht da. Komm, setz dich jetzt.«

»Mir ist übel.«

Ein Pfiff und der Zug setzt sich in Bewegung.

Amedeo hat sich nicht von der Stelle bewegt.

Zieh zu mir, in die Pension des Marronniers …

Er wird immer kleiner.

Bleib nicht dieses verwöhnte Kind …

Ich sehe nur noch seine Silhouette und bald ist er ganz verschwunden.

Komm zu mir, komm zu mir …

Die ärmlichen Häuser der Pariser Vororte fliegen vorbei, dann offenes Land, so weit das Auge reicht.

Mir geht es schlecht.

*

Wir haben uns wie jeden Sommer in dem Bauernhof am Ufer des Ellé eingefunden.

Mehrere Tage verbringe ich mit Nichtstun. Ich packe noch nicht einmal meine Sachen aus. Vom Dachfenster aus sehe ich die Sonnenstrahlen durch das dichte Laub dringen. Der Fluss weiter unten führt große Steine mit sich.

Ich male nicht, schreibe ein bisschen, lasse meine Gedanken schweifen.

Ich gehe nur aus dem Haus, um Amedeo eine Ansichtskarte zu schicken. Eine Ansicht des feinsandigen Strandes. Loctudy, völlig uninteressant.

Bonjour, schreibe ich ihm.

Was soll ich ihm sonst noch sagen?

Bonjouir!

Er wird denken: ›Meine Zigeunerin macht endlich Fortschritte.‹

Ich langweile mich, Liebster. Ohne das Begehren in deinen Augen deckt der Tod alle meine Gedanken mit einem schwarzen Tuch zu. Selbst die Steine tief unten im Brunnen sind wärmer als mein Herz.

All das klingt hochtrabend, geschraubt.

Ich hasse meine Worte, die untauglich sind, den Abgrund zu beschreiben, der unsere beiden Körper trennt.

Ich möchte so gerne mit ihm zusammen sein. Aber ich bin hier, ohne ihn und ohne André, hier, wo ich alle Sommer meiner Kindheit verbracht habe. Ich bin wieder das Töchterchen, das zwischen seinen Eltern festsitzt.

Bonjour, Punkt.

Ich schicke sie an Zborowski. Er wird sie weiterleiten.

Meine Mutter und meine Tante unterhalten sich beim Kochen oder Tischdecken. Sie tauschen sich über die Mahlzeiten aus, all diese Nahrungsmittel, die es hier auf den Bauernhöfen, auf dem Markt in der großen Halle im Überfluss zu kaufen gibt, die sie aber in Paris schon lange nicht mehr bekommen. Sie sprechen auch über mich.

Jeanne hat sich verändert. Sie schaut missmutig drein. Malt sie immer noch oder hat sie aufgehört? Ihre neue Frisur … Sie ist nicht wiederzuerkennen mit diesem Dutt. Sie ist immer noch mein kleines Mädchen. Sie ist größer geworden. Hat sie mit dir gesprochen? Ist es die Abwesenheit ihres Bruders? Sie quält sich, sie war schon immer so. Es muss noch etwas anderes geben. Sie ist eben so. Du solltest mit ihr reden.

Ich möchte mich für nichts rechtfertigen, mit niemandem sprechen.

Vor allem mit niemandem sprechen. Aus einer naiven Laune heraus beschließe ich, wegzulaufen. Nichts ist geplant. Wahrscheinlich ist es einfacher so?

Meine Eltern und meine Tante sitzen auf der Terrasse am Ufer des Ellé.

Es ist Abend.

Vom Haus aus rufe ich ihnen fröhlich zu: »Gießt mir auch ein Gläschen ein! Einen Muskateller …«

Ich, die ich niemals in Gegenwart meiner Eltern Alkohol trinke, nicht einmal Cidre. Das hätte sie aufhorchen lassen müssen.

Was hat sie nur, unsere Jeanne, plötzlich scheint sie froh gestimmt.

Aber nein. Mama stellt ein weiteres Glas auf den Tisch, Papa entkorkt die Flasche und gießt mir randvoll ein. Sie warten auf mich, um anzustoßen. Was für ein schöner Sommer. Es fehlt nur unser über alles geliebter Sohn, dann wäre alles perfekt.

Jeannette scheint es viel besser zu gehen. Das macht die gute bretonische Meeresluft.

Innerhalb weniger Minuten packe ich meine Wäsche und meine Hefte. Ich lasse den Zweitschlüssel auf der Ablage. Wozu sollte er mir jetzt noch nützlich sein? Ich raffe ein bisschen Geld zusammen, stehle etwas aus der Jackeninnentasche von Papa und aus der Handtasche meiner Tante, dann mache ich mich auf den Weg durch den Wald, der sich am Dorfrand erstreckt.

Alles geht schnell. Alles geschieht plötzlich. Die seltsamen Geräusche der Natur. Das tief herabhängende Geäst der großen, vorwurfsvollen Bäume. Mein entschlossener Schritt auf dem staubtrockenen Boden. Die Zeit, die im Fluge vergeht, Minuten so schnell wie Sekunden.

Ich habe Angst, aber ich gehe trotzdem weiter.

Mit festem Schritt bin ich am Bahnhof angekommen. Habe eine Fahrkarte gekauft, einfache Fahrt, bitte. Den Kopf vor dem Kontrolleur gesenkt, Fremden keine Antwort gegeben. Stumm bleiben, das kann ich gut.

Meine Eltern werden keinen Moment an eine Flucht denken. »Das ist nicht ihre Art«, werden sie der Polizei gegenüber versichern. »Jeanne ist ein nettes, braves, gehorsames Mädchen, wir haben nie Probleme mit ihr gehabt.«

Eudoxie wird darauf achten, den Schein zu wahren. Sie

hatte in den letzten Monaten sehr wohl gesehen, dass sich ihre Tochter verändert hat, dass sie auf die schiefe Bahn geraten war. Doch sie wird Haltung bewahren, keine Klagen, kein Wort darüber, dass ihre Tochter den Kopf verloren haben könnte.

»Ich kann mich zusammennehmen«, wird sie mitten in der Nacht zu meinem Vater sagen.

Sie werden von einer Entführung sprechen, durch einen dieser Verrückten aus den umliegenden Dörfern, kopflos vor Liebe. Sie werden einen Mord oder, schlimmer noch, einen Selbstmord vermuten, mein Körper durch Steine beschwert, von Seerosen bedeckt am Grund des Ellé. Sie wollte nie schwimmen lernen. Sie war so melancholisch.

Meine Tante wird sagen, dass sie mit mir hätte sprechen sollen. Dass sie etwas geahnt hatte. Dass sie ein feines Gespür dafür hatte. Meine Mutter wird sie mit einem dieser eisigen Blicke zum Schweigen bringen, ohne ein Wort, und trotz der schwül-heißen Luft wird sie Papa sein Tweed-Jackett über die Schultern legen.

Sie werden einen Brief an Abbé Quaillet in Galluis schreiben. Unsere Tochter ist verschwunden, beten Sie für ihre Seele, beten Sie für uns. Alle zusammen werden zum Pfarrer von Quimperlé laufen, um die heilige Maria Mutter Gottes anzuflehen, als ob mich das zurückbringen könnte.

*

Die Türen des Zuges öffnen und schließen sich in unregelmäßigen Abständen. Reisende steigen immer noch ein. Metallische Geräusche, Funken auf dem Gleisbett, Rufe, zwei Pfiffe und der Wagon setzt sich in Bewegung. Geschafft.

Erregung. Angst. Freude. Endlich bin ich frei!

Ich schreibe einige Worte, während der Zug dahinrattert. Vor dem Abteilfenster zieht die Landschaft in Zeitlupe vorbei.

Ich fahre zu Amedeo nach Paris.

*

Vom Bahnhof aus laufe ich zur Rue Joseph-Bara 3.

Und wenn er nicht mehr da wäre? Verschwunden. Zurück nach Livorno, Adresse unbekannt. Versteckt an einem seiner Rückzugsorte, wohin er mich nie mitnimmt, wo er sich ohne Vorankündigung für einige Tage hin flüchtet.

Chaim Soutine schläft auf der Couch, da wo ich so oft für Amedeo Modell gesessen habe. Er brabbelt im Schlaf und richtet sich auf, als ich hereinkomme.

»Hébuterne, du bist es. Ich hatte den Auftrag, auf deine Rückkehr zu warten. Stundenlang untätig warten und das ohne einen Pfennig, *of course*, nur aus Freundschaft für den Maestro. Wie öde, wie langweilig. Und wenn das launische Weibsstück von Modi sich entschieden hätte, in einem oder zwei Monaten zurückzukommen? Oder vielleicht niemals … Wie diese Beatrice, die nie zurückgekommen ist. Sie hatte ihm geschrieben ›*This is the end, my love, warte nicht mehr auf mich.*‹ Aber er glaubte immer noch daran, dass sie wieder aufkreuzen würde.«

Er schiebt mich auf die Straße hinaus, öffnet mir die Tür zur Rue de la Grande-Chaumière 8, wo Leopold Zborowski uns ein Atelier gemietet hat.

»Du wirst die Armut dem Leben bei deinen spießigen Eltern vorziehen. Damit kenne ich mich aus, Hébuterne. In meiner ersten Bleibe habe ich auf dem nackten Boden geschlafen. Ich habe einen Wassergraben um mich gezogen, um die Wanzen von mir fernzuhalten. Das war ein verdammtes Elend! Aber wenigstens hatte ich mich von zu Hause abgenabelt.«

Amedeo liegt auf den verrotteten Bodendielen mit übereinandergeschlagenen Beinen, eine Zigarette im Mundwinkel.

»Da bist du ja.«

Ich verberge mein Gesicht an seiner Brust und atme befreit auf. Lass mich nicht los, Liebster, lass mich nie mehr los.

*

Unser Reich: Kein Gas auf der Etage, nicht einmal eine Petroleumlampe. Ein knarrendes Bettgestell dient als Nachtlager. Einige Decken auf dem staubigen Boden. Durch eine schmutzige Glaswand sieht man den kleinen Hof unten und das Kommen und Gehen der Hausmeisterin. Wir haben keinen Ofen. Im Winter dringt die eisige Luft durch die gesprungenen Scheiben.

Wir waschen uns in einer Wanne oder im Waschbecken auf dem Flur, das nur von einem spärlichen Strahl schmutzig-trüben Wassers gespeist wird. Ich muss unwillkürlich an mein Mädchenzimmer denken. Die perfekt gebügelten Laken. Das nach Bohnerwachs riechende Parkett. Mama, die jeden Morgen die Fensterläden öffnete, das Zimmer lüftete, die Kopfkissen aufschüttelte, all diese täglichen Gesten, die mir damals so lästig waren.

»Der Künstler steht über solchen Nebensächlichkeiten«, sagt Amedeo zu mir. »Zwischen unserem Leben und dem deiner bürgerlichen Eltern liegen Welten.«

*

Wir schlafen jede Nacht eng aneinander geschmiegt unter einer einzigen Decke und atmen im selben Rhythmus.

Das gelbliche Licht des Mondes erhellt unser Atelier.

Wir lieben uns mitten in der Nacht. Wir lieben uns am frühen Morgen. Wir lieben uns leidenschaftlich die ganze Zeit, und ich glaube, dass es so möglich ist, unsere Körper eins werden zu lassen.

Wir wachen auf, wenn es hell wird, trinken Kaffee aus derselben Tasse (wir haben nur eine). Den Kaffee machen wir uns auf einem Gaskocher warm, den Soutine, ich weiß nicht wo, aufgetrieben hat. Eine Art »Hochzeitsgeschenk«.

In einer Ecke des Zimmers, hinter einem von Foujita mit Tusche bemalten Paravent, haben wir eine Zinkwanne aufgestellt. An manchen Abenden badet mich Amedeo. Mit einem Waschlappen fährt er über meine Brüste, meinen Bauch, meinen Po und zwischen meine Beine. Er wäscht mein Gesicht mit Schmierseife und kämmt hingebungsvoll meine Haare.

Wir streifen durch die menschenleere Stadt.

Er zeichnet Gesichter in sein blaues Skizzenbuch. Ein Kind. Einen Krämer. Vor allem Frauen, eine Floristin, eine Zigeunerin, alle mit leuchtend roten Haaren, so wie meine, und mit mandelförmigen Augen.

Immer folge ich ihm dabei wie sein Schatten. Er stellt mich denen, die mich noch nicht kennen, vor. »Das ist meine Süße, meine Geliebte.«

Wir sprechen wenig miteinander und lesen keine Tageszeitungen.

Wie steht es um den Krieg?

Wir leben wie aus der Zeit gefallen, nehmen nicht wahr, dass der Krieg fünfzig Kilometer vor Paris stattfindet.

Zborowski hat uns Material schicken lassen, ein Dutzend Farbtuben, zwei Staffeleien und Pinsel in jeder Größe.

Wir ernähren uns nur von Ölsardinen. Amedeo stiehlt manchmal Kartoffeln oder Äpfel auf dem Markt, die er wie Schätze in seinen Taschen versteckt.

*

Soutine und Kisling bringen mehrere Flaschen Cognac und in Zeitungspapier verborgene Cannabisblätter mit.

Stundenlang sitzen sie in der Nacht beisammen und rauchen. Sie kauern auf dem nackten Boden, ihre Silhouetten sind von blauen Rauchwolken eingehüllt. Ekelerregender Geruch macht sich im Zimmer breit. Ich schlafe ein, während sie sich weiter mit gedämpfter Stimme unterhalten und Gedichte deklamieren. Ihre Worte verklingen nach und nach in meinen Träumen. Manchmal sind sie so betrunken, dass sie anfangen zu tanzen. Amedeo hält sich in Trance für einen Bären. Mit ausgestreckten, behaarten Tatzen stampft er auf dem Boden auf.

Moise Kisling sagt zu ihm: »Hör auf, hör sofort auf, sonst gehen wir nach Hause.«

Amedeo schüttelt den Kopf, seine schwarzen Locken fallen ihm ins Gesicht und verdecken seine Augen. Kisling greift nach seiner roten Schärpe und zieht und zieht. Amedeo streckt die Arme in die Höhe wie ein

Flamencotänzer, schnipst mit den Fingern und dreht sich um sich selbst. Dieses entrückte Spiel setzt sich fort bis zur Morgendämmerung.

Manchmal habe ich einen Mordshunger. Wenn mich dieses bohrende Hungergefühl nicht mehr loslässt, kaue ich auf einem Stück Stoff herum, um meinen Magen zu beschäftigen.

Das hilft mir.

Nach wenigen Tagen ist das Geld, das ich bei meiner Flucht aus Quimperlé gestohlen habe, ausgegeben. Wir schlagen uns recht und schlecht mit den kärglichen, schnell verbrauchten Überweisungen von Amedeos Mutter durch, sowie den fünfzehn Francs, die wir täglich von Zborowski für unsere Zeichnungen bekommen.

Aber wir arbeiten nicht viel.

Wir haben Geldsorgen.

Wir werden ein Paar.

*

So vergehen einige Tage, vielleicht auch Wochen.

Unmerklich verstreicht die Zeit.

In meinen Albträumen schauen mich Eudoxie und Achille mit irrem Blick an. Sie machen mir überhaupt keine Vorwürfe. Sagen fast nichts. Aber dicke Tränen rollen über die Wangen von Papa und hinterlassen dort tiefe Furchen. Mama ringt die Hände und zupft unter dem Tisch an ihrer Nagelhaut herum.

»Wir können nichts daran ändern, Eudoxie«, sagt mein Vater zu ihr.

Amedeo vertreibt die Freunde, die sich bei uns häuslich

niederlassen wollen und manchmal auf dem Boden des Ateliers einschlafen. Er streicht über meine Haare.

»Vergiss deine Eltern und schlaf.«

Ich bringe unsere Wäsche zur Wäscherei in der Rue Fleurus und stoße auf den Aushang *Donnerstags geschlossen*.

Heute ist Donnerstag.

Ich kehre mit meinem Bündel Dreckwäsche wieder um.

Kann man sich jemals von der Mittelmäßigkeit des Alltäglichen befreien?

Heute ist wohl nichts zu machen.

*

Eines Morgens gebe ich ein Telegramm auf.

An Familie Hébuterne, Bauernhof La Mothe.

Alles in Ordnung, macht euch keine Sorgen um mich.

Ich hinterlasse auch eine Nachricht für die Hausmeisterin in der Rue Amyot.

Ich arbeite, muss alleine sein.

Im August, als ich gerade in der ersten Etage der Rotonde sitze, bemerke ich die Gestalt meiner Mutter auf dem Boulevard Raspail.

Sie vermutet, dass sich nunmehr mein ganzes Leben dort abspielt.

Sie, die sonst immer so stolz darauf ist, sich ›wie eine Ballerina‹ geradezuhalten, steht dort bewegungslos und gebeugt. Ich möchte vom Fenster aus »Eudoxie!« rufen, um mich davon zu überzeugen, dass sie es wirklich ist. Aber auch wenn ich meine Stimme verstellte, würde sie sie sofort wiedererkennen.

Mama bleibt an der Stelle des Carrefour Vavin stehen, wo Zuhälter ihren Geschäften nachgehen. Kokain, Absinth, Haschisch, Franc gegen Dollar, Dollar gegen Franc. Komm her, schau dir meine Nutte an, sie möchte dir nur Gutes tun, drei Francs, um ihre Brüste zu bewundern, fünf Francs, um sie anzufassen.

All das scheint sie nicht zu stören, unbeeindruckt vom Lärm der Handkarren und vom Geschrei der Verkäufer künstlicher Paradiese.

Was würde geschehen, wenn ich zu ihr hinginge? Nähme sie mich in die Arme? Würde sie mich unter Tränen trösten? Oder würde sie mir, statt einer Begrüßung, mit voller Wucht eine dieser Ohrfeigen verpassen, die einen brennenden Schmerz hinterlassen: »Willst du uns vielleicht umbringen, Jeanne, ist es das? Du willst uns umbringen!«

Ich rühre mich nicht vom Fleck, knabbere Erdnüsse. Ich trinke hastig mehrere Tassen heiße Schokolade, bis mir schlecht wird und ich mich vor der Toilettenfrau übergeben muss. Einer dicken, schlitzäugigen Frau, die mir die Haare zurückhält und mir anschließend hilft, mein Gesicht abzuwaschen.

»Ich hoffe, dass du die Finger vom Koks lässt ... Du weißt, dass man hinterher nicht mehr ohne auskommt. Das Herz zerspringt, macht ›bumm‹ wie bei einem großen Liebeskummer. Die Männer sind es wirklich nicht wert.«

Stundenlang warte ich darauf, dass Mama endlich geht.

*

Seit ich in der Rue de la Grande-Chaumière wohne, habe ich einige kleine Skizzen gemacht: unseren Hof, den Blick auf die Dächer gegenüber, ein offenes Fenster, das die Sicht auf ein ungemachtes Bett freigibt. Ein bleiernes Licht, das unterkühlte Farben ausstrahlt, im Gegensatz zu den leuchtend warmen Farben, die Amedeos Arbeiten auszeichnen.

Aus Angst vor seinem kritischen Blick und einem einzigen Wort, das meine Lust zu malen zunichte machen könnte, habe ich sie vor ihm versteckt. Verbrenn alles, das ist nichts wert, und er würde ein großes Feuer im Hof machen, eine öffentliche Verbrennung meiner dürftigen Werke und auch der seinigen, die er für unvollkommen hält und dem Kunsthändler Zborowski vorenthalten möchte.

Seit Wochen arbeite ich nicht mehr. Stundenlang faulenze ich im Bett herum, der Heißhunger zerrt an meinen Eingeweiden und hindert mich am Nachdenken.

Also kehre ich an einem eisigen Herbstabend in die Rue Amyot zurück.

Ich habe Hunger.

Die fünf Etagen, eine endlose Spirale. Außer Atem bleibe ich auf jedem Treppenabsatz stehen. Ich halte mich an den Wänden fest. Alles dreht sich, die Treppen, das Licht. Das schmiedeeiserne Geländer zerfließt unter meinen vor Kälte erstarrten Fingern.

Ich komme nicht mehr dazu, wie üblich dreimal anzuklopfen. Mama öffnet die Tür, als ob sie seit Tagen direkt dahinter in der Diele auf mich gewartet hätte, wie ein Tier in Lauerstellung. Stumm verharren wir einander gegenüber. Unablässig spiele ich an meinem Schönheitsfleck unter dem rechten Ohr herum. Ich erwarte eine Ohrfeige, aber nichts geschieht. Stattdessen sagt sie mit sanfter Stimme diese

Worte, die ihr so gar nicht ähnlich sehen: »Du bist so blass, dass man bald durch dich hindurchschauen kann.«

Ich lasse mich auf einen Stuhl fallen und brocke Brot in eine Suppentasse.

Papa sagt nichts. Sein Gesicht ist grau geworden. Sein Bart ist weiß wie Schnee.

»Versucht nicht, mich aufzuhalten.«

»Wir können dich nicht hindern, Töchterchen. Du wirst in anderthalb Jahren volljährig und dann wirst du weggehen. Wenn wir dich hier einsperren, wirst du davonlaufen und nie wieder zurückkommen. Aber denk trotzdem an deine Mutter … Denk an uns.«

Mama sinkt auf ihrem Stuhl in sich zusammen. Seit diesem Sommer haben sich tiefe Falten in ihre Mundwinkel eingegraben. Man könnte meinen, ein altes Weiblein.

»Wir können dich nicht umstimmen, selbst wenn es nicht das Leben ist, das wir uns für dich erhofft haben.«

Welches Leben?

Doch um sie zu beruhigen, bin ich plötzlich mitteilsam: »Ich arbeite neben dem Invalidendom im Garten einer Freundin, da herrscht mehr Helligkeit. Manchmal fahren wir zu ihren Großeltern in die Normandie, die dort ein komfortables Haus besitzen. Ich brauche dieses gedämpfte, regnerische Licht, das es nur dort gibt. Außerdem begleite ich mehrere Projekte, unter anderem eine Lobrede auf die Impressionisten.«

Meine Eltern schütteln beide den Kopf und ich sehe sehr wohl, dass sie mir nicht glauben.

Mit dem Zeigefinger fahre ich nervös über die leicht erhabene Stelle unter dem Ohrläppchen, dem Schönheitsfleck, den ich von Eudoxie geerbt habe.

Meine Gesten, das unstete Zwinkern der Augenlider, verraten mich. Wie immer. Wie immer habe ich meinen Körper nicht unter Kontrolle.

Ich vergehe vor Scham.

Stehe auf, um zu gehen.

Mein Vater hält mir einen Umschlag mit Geldscheinen hin. »Das wirst du gut gebrauchen können, nicht wahr?«

Mama hat mir Lebensmittel eingepackt.

Auf der Türschwelle nimmt sie mich fest in die Arme: »Lass von dir hören, Jeanne.« Sie wickelt mir ihren schwarzen Schal um den Hals. »Du bist immer noch mein Baby.«

Das Parfüm meiner Mutter, vermischt mit einem Hauch von Küchengeruch, Zwiebeln und Kohl, begleitet mich bis zur Rue de la Grande-Chaumière.

Der Duft meiner Kindheit verfliegt.

*

Emanuele, der ältere Bruder von Amedeo, hat uns besucht. Er war auf dem Rückweg von einem politischen Kongress in Brüssel, wo er mit alten Herren über den Krieg, den Sozialismus und Europa debattiert hat.

Ich war ihm vorher noch nie begegnet. Weißer Bart wie Jean Jaurès, kleine runde Brillengläser, faltiges Gesicht, man könnte sagen, mein Vater!

Als er zu uns hereinkam, sagte er, wie um sich zu rechtfertigen: »Es lag auf der Strecke.« Dann setzte er sich auf unser Bett und klopfte fortwährend mit der flachen Hand auf sein Knie.

Nach knapp einer Stunde hatte Amedeo genug von ihm. Er lief im Atelier hin und her, seufzte tief und verdrehte die Augen. »Hör endlich auf, mit deiner Hand zu klopfen, Emanuele, um Himmels willen!«

Er ertrug die schrägen Blicke seines Bruders auf die rissigen Wände, die schmutzigen Laken, die Reste von Zeichenkohle, die angebrochenen Sardinenbüchsen und die achtlos auf dem Boden herumliegenden Obstreste nicht.

»Deine Hand, Emanuele. Deine Hand auf dem Knie, hör doch auf damit ...«

Was würde er ihrer Mutter berichten?

Dein Letztgeborener lebt von Almosen wie die armen Schlucker am Hafen in Livorno. Dein Letztgeborener hat ein ganz junges Fräulein in seinem Schlepptau, das seine Tochter sein könnte.

Sie wird sich die allergrößten Sorgen machen und an ihren allerliebsten Dedo schreiben, ihm Geld schicken – alle ihre Ersparnisse. Sie wird vielleicht eines ihrer Schmuckstücke, ihren diamantenen Verlobungsring, unter Wert verkaufen.

Kurz bevor er ging, schlug Emanuele vor, für uns bei der Rotonde oder bei Rosalie ein Konto zu eröffnen, damit wir immer genug zu essen hätten.

Amedeo warf ihn hinaus.

»Hau ab! Ich bin kein Penner und meine Frau ist keine Pennerin. Deine sozialistischen Ideen sind mir gleichgültig und Politik ist mir auch egal.«

*

Mehrere Wochen vergehen, bevor ich mich wieder zu meinen Eltern aufmache.

Der Hunger treibt mich dorthin.

In der Küche schlinge ich schweigend im Stehen etwas herunter. Mama bereitet einen Korb mit Proviant vor. Birnenkonfitüre, letzten Herbst in Galluis eingekocht. Brot. Dauerwurst. Reichlich Gemüse. Wo treibt sie all das auf? Die Märkte sind leer, die meisten Fleischerläden in der Rue Delambre geschlossen.

Wir wechseln nur wenige Worte.

Gierig stopfe ich mir den Mund voll.

»Geht's gut?«

»Ja.«

»Dein Vater ist im Laden. Lass dich bei ihm sehen.«

»Ja.«

»Ich hoffe, du bleibst anständig.«

Bevor ich gehe, steckt sie ein Schreiben meines Bruders in den Korb.

Ein Jahr, ohne dich zu sehen, Schwester, und Du bist nirgendwo. Während der elf Tage meines Urlaubs habe ich dich überall gesucht, im Garten, bei den Pferdeställen und am Fluss. Ich wollte ein Halstuch mit Deinem Geruch auftreiben, im Schrank in Paris eine Bluse, an der noch eins Deiner Haare haftet. Ich habe die Nase in Dein Kopfkissen gedrückt. Ich finde dort nicht einmal eine Spur Deines Parfüms. Und Deine Zeichnungen … Alle Deine Zeichnungen … Wo sind sie? Hast Du sie weggeworfen? Verschenkt? Für drei Sous an einen Kunsthändler verkauft? Was ist aus Deinem Illustrationsprojekt geworden?

Die Eltern sagen, dass Du zwischen Paris und einem Haus in der Normandie hin und her pendelst; dass Du seit dem vergangenen Jahr nicht mehr in Galluis warst; sie erzählen auch, dass Du Glockenhüte und damenhafte Hochsteckfrisuren trägst. Wie siehst Du jetzt aus? Wie eins dieser herausgeputzten Frauenzimmer mit Hut in den verräucherten Cafés von Montparnasse? Ein Jammer!

In welchem Abgrund bist Du verschwunden?

Ich nehme heute Abend den Zug. Tief betrübt fahre ich an die mir inzwischen verhasste Front zurück.

Ich bete für Dich, Jeanne.

André

Postskriptum: Hast Du schon einmal daran gedacht, dich für einige Tage in ein Kloster zurückzuziehen? Die Nonnen würden dich aufnehmen. Sie würden nichts von Dir verlangen, nur dass Du mit ihnen betest. Und Du könntest unbeschwert arbeiten.

Mein Bruder hat das Datum unter seinem Vornamen ausgeschrieben.

Dreißigster Oktober Neunzehnhundertundsiebzehn

Vor mehr als einem Monat.

Der Krieg möge ihn uns fortnehmen!

Hunderttausende Soldaten sind gefallen, man spricht sogar von mehr als einer Million. Das erzählt man sich am Tresen der Rotonde neben dem Spielautomaten. Die Zeitungen veröffentlichen nicht die Wahrheit. Sie unterschlagen die genaue Zahl unserer Gefallenen, um die Bevölkerung, die Ehefrauen, Mütter und Verlobten, die auf die Rückkehr der Soldaten warten, nicht in Aufruhr zu versetzen.

Warum nicht mein Bruder?

Ich zerreiße seinen Brief. Die Schnipsel sind überall auf dem Boden verstreut. Möge ihn ein Kugelhagel dahinraffen und ich wäre ihn los!

Ich hasse diese ordentliche, gewissenhafte Schrift eines kleinen Strebers. Der gute Schüler, der seinen Eltern, aber vor allem dem Lehrer, dem Pfarrer und seinen Offizieren gefallen möchte. Einer von denen, die vor ihren Vorgesetzten katzbuckeln.

Mehr als alles andere verabscheue ich seine Worte.

In welchem Abgrund bist du verschwunden?

Was weiß mein Bruder von meinen tiefsten Abgründen?

Ich will ihn nur noch zwischen vier Holzbrettern sehen. Ich werde nicht einmal mehr dein verbundenes Gesicht küssen, Bruder, ich werde dich nicht mehr berühren.

Ich verabscheue ihn ganz und gar und verabscheue mich dafür, dass ich ihn verabscheue.

Denn in Wirklichkeit fehlt mir mein Bruder. Unsere leise gesungenen Lieder, unsere Märchenbücher, seine weißen Hemden mit gestärktem Kragen, unser Schaukelpferd, unsere Rangeleien … Er fehlt mir so sehr, so sehr, wie mir die Sommer unserer Kindheit und die naive Unbeschwertheit fehlen, in der wir damals lebten.

Es herrschte Frieden und wir waren uns dessen nicht bewusst.

Dezember 1917

»Nichts Authentisches an den Gemälden.«

»Ohne Ausdruck und seelenlos.«

»Lachhafte Farben. Fauvist, ohne sich dazu zu bekennen. Zum Wegwerfen!«

»Obszöne Aktdarstellungen, man sieht sogar die Schamhaare! Nuttenhaft, man kann es nicht anders nennen.«

So steht es in den Zeitungen.

Vor den Fenstern der Galerie Berthe Weill, die die Bilder von Modigliani ausstellt, haben sich hunderte Gaffer versammelt.

Sie spucken Gift und Galle. Sie geifern.

Wir haben uns im Inneren verschanzt und die eisernen Rollladen heruntergelassen.

Von der Rede, die Amedeo in seinem blauen Skizzenbuch notiert hat, nuschelt er nur einige Worte vor sich hin. »Schaut her ... Erste Einzelausstellung, ein Fiasko, Freunde.« Sonst nichts mehr, dann diese Worte: »Und das nur, weil ich Jude bin! Ich, ein Jude! Immer dasselbe. Seit dreihundert Jahren muss man ihnen die Fresse polieren.«

Berthe Weill trägt über einer schwarzen, paillettenbesetzten Korsage Goldketten, eine Medaille von der Größe einer Hundert-Franc-Münze und allerlei goldene Klunker an den Fingern. Ihre rundlichen Schultern, die dicken Bäckchen und die Ausstrahlung einer nicht gerade gut aussehenden Frau – aber vermögend und einflussreich, gefürchtet von Kunstkritikern und Konkurrenten – machen sie sympathisch.

Sie gibt Amedeo einen schmatzenden Kuss auf die Wange. »Du wirst wegen einer Handvoll schlecht geschriebener Artikel und ein paar Worten von diesen Leuten nicht den Boden unter den Füßen verlieren. Sie malen nicht und werden niemals malen.«

Mit abwesendem Blick trinkt er genüsslich Wein aus der Flasche.

»Lass gut sein, ich kann Jammerlappen nicht ausstehen. Ich kaufe dir fünf Bilder zu einem guten Preis ab. Bevor du das Zeitliche segnest, wird es noch mehr Ausstellungen von dir geben. Mach weiter. Der Ruhm wird kommen, Modi, und zwar bald.«

Blaise Cendrars skandiert die Verse: »*Le monde intérieur, le cœur humain, avec ses dix-sept mouvements dans l'esprit, et le va-et-vient de la passion.*« Er unterstreicht den Rhythmus seiner Worte mit seinem bloßen Armstumpf. »Manchmal träume ich davon, meine Hand mit einem Stück Klebeband wieder zu befestigen, ein paar Knochen, neue Haut und mein früheres Leben.«

Erik Satie begleitet ihn mit einigen Noten auf dem Klavier.

Sie singen im Kanon: »Wir sind keine Pazifisten, wir sind keine Antimilitaristen, wir sind Expressionisten ... Wir sind sogar Patriotisten!«

»Schnauze!«, brüllt Amedeo. »Verschwindet alle jetzt! Ich bin gespickt mit Banderillas ... und ihr seht meinem langsamen Sterben mit Vergnügen zu.«

Zborowski liest eine der wenigen positiven Kritiken laut vor: »›Es hat bisher noch kaum einen Maler gegeben, der so viel Mühe darauf verwandt hat, die animalische, manchmal bewegungslose Geschmeidigkeit, Hingabe und glückselige Mattigkeit zum Ausdruck zu bringen.‹ Das ist gut, Modi, du wirst einige Bilder verkaufen. Ich spreche nicht von Reichtum, nicht so wie Picasso oder Matisse, aber es ist ein erster, bescheidener Schritt zum Ruhm.«

Vor einiger Zeit hat ein amerikanischer Sammler zwei seiner Büsten gekauft, die an der Fith Avenue in New York ausgestellt waren. Das war nicht übel. Davon haben wir zwei Monate leben können.

»*Se lo vado a pigliare in culo!* Soll ich es auch noch auf Französisch sagen? Ich bin abscheulich. Alles ist abscheulich. Und du, Jeanne, hör endlich auf, mich mit deinen Rehaugen anzusehen. Hör auf, mir überallhin wie angeleint, schweigend nachzulaufen. Lass die Zärtlichkeiten. Nimm dich in acht vor mir, ja, nimm dich bloß in acht vor mir, weil ich dich am Ende wie all die anderen Frauen hassen werde.«

Die Polizei lässt die Galerie schließen. Erregung öffentlichen Ärgernisses. Die Gendarmen begleiten uns durch den Lieferantenausgang hinaus.

Amedeo leert alle Flaschen. Wodka, Wein, Chartreuse. »Ich bin erbärmlich. Ich bin abscheulich.«

Er reißt sich das Hemd vom Leib, knöpft die Hose auf und uriniert in einen Hauseingang. Halb nackt geht er untergehakt mit Utrillo, beide mit einer Armagnac-Fahne, daher und bricht an einer verwitterten Mauer hustend zusammen.

Das ist der Mann, den ich liebe.

Das ist der Mann, mit dem ich zusammenlebe.

Dieser Mann, der so gut für Unterhaltung sorgen, eine tragische Rolle darstellen und sich vor Publikum produzieren kann, drückt mich in manchen Nächten an sich und sagt: »Ich darf dich nicht verlieren, Kleines, wie alle, die ich aus tiefster Seele geliebt habe, sowohl Anna als auch Beatrice, die ich nicht habe halten können. Ich darf dich nicht verlieren, wenn das Tier von mir Besitz ergreift, denn es wird immer wieder dazu kommen, ich weiß es aus Erfahrung, schon immer.«

*

Die anderen begleiten uns in die Rue de la Grande-Chaumière.

Drei Männer waren nötig, um Amedeos reglosen Körper in unser Atelier hinaufzutragen.

Zborowski, Soutine und Ortiz de Zarate stöhnen und ächzen. Wortfetzen von ihnen sind zu hören: »Es fehlte noch, dass er uns unter den Händen abkratzt.«

»Er ist dem Tod schon tausendmal von der Schippe gesprungen.«

Sie sind erschöpft. »Das war nicht sein Tag, mal sehen, wie's weitergeht.«

Nach dieser Anstrengung sieht einer aus wie der andere, derangiert, schweißüberströmt, mit buschigem Bart.

Ein Fenster der Glasfront ist unter der Last des Schnees zerbrochen. Der Fußboden ist voller Flocken. Wir tappen durch eisigen Matsch.

Miserere, oh Herr, aus tiefster Seele.

Mein Kinn zittert leicht. Ich fange an zu weinen wie ein kleines Mädchen.

Miserere, oh Herr, hab Mitleid mit uns …

Jetzt bete ich, ich, die Ungläubige, die sich über den Abbé Quaillet und über meinen auf Knien rutschenden Bruder sowie die bigotten Frömmlerinnen der Kirchengemeinde Saint-Etienne-du-Mont lustig macht. Ich, die so oft auf das Kruzifix spuckt, flehe den allmächtigen Gott an.

Eiskalte Finger.

Wir haben kein einziges Stückchen Kohle mehr, um den Ofen zu heizen, den wir zu Beginn des Winters mitten im Zimmer aufgestellt haben. Neben den leeren Konservendosen hat sich ein Berg Asche angesammelt.

Chaim, der mir trotz seines Boxergesichts immer so hinfällig erschien, kurz vor dem Zusammenbruch, der eine Pistole braucht, um sich sicher zu fühlen, dieser Chaim reißt mit bloßen Händen ein Brett nach dem anderen aus dem Parkett. Trotz seiner eingerissenen Nägel und blutigen Finger lässt er nicht locker. Mit einem kurzen Schlag zerbricht er die Bretter über dem Knie, zündet ein Streichholz an und steckt sie in Brand.

»Modi muss sich heute Abend zu allem Übel nicht auch noch eine Rippenfellentzündung holen.«

Soll der Tod doch durch das große Portal Einzug halten in der Rue de la Grande-Chaumière. Soll er mir doch Amedeo unter dem Deckmantel der Liebe entreißen.

Ich bin bereit.

Dann sage ich ihm, dass er mich auch mitnehmen soll. Ich werde keine vierundzwanzig Stunden ohne ihn weiterleben.

Chaim legt ihn hin und breitet mehrere Decken über ihn.

»Sollen wir heute Nacht dableiben, Jeanne?«

Geht ruhig. Ich will alleine ganz nah bei ihm sein.

Das Geräusch ihrer Schritte im Treppenhaus, ihr Flüstern: »Wir hätten die Kleine nicht allein lassen sollen«, und dann das Zuschlagen der Haustür.

Seid still und geht.

Ich strecke mich neben Amedeo aus.

›Am Ende werde ich dich hassen wie all die anderen Frauen!‹

Miserere, oh Herr, aus unserem schäbigen Lager.

Ich wärme mich an seinem Körper, dessen noch so verborgene Winkel, dessen Wohlgeruch ich liebe, der an diesem Abend aber zentnerschwer und leblos daliegt.

Ich halte den Atem an.

Ich habe Angst, eine diffuse, unbestimmte Angst.

Ist diese schwarze Einsamkeit die Kehrseite der körperlichen Liebe?

Manchmal gehörten wir uns. Ich wollte er sein. Er wollte ich sein. Es war eine Illusion und er wusste es.

›Hör auf, mir überallhin schweigend nachzulaufen.‹

Amedeo richtet sich röchelnd auf. Er stößt auf und übergibt sich. Eine glänzende, hellrote Lache bildet sich auf dem Boden. Er packt meinen Arm. Seine Fingernägel bohren sich in meine Haut.

»Kannst du an meiner Stelle malen, Jeanne? Ich werde es nicht mehr schaffen. Ich habe keine Kraft mehr. Ich habe keine Kraft mehr.«

1918

Amedeo ist verschwunden.

Ich habe ihn überall gesucht. Im ganzen Viertel habe ich herumgefragt.

Rosalie in der Rue Campagne-Première hat mir aus ihrer überheizten Küche ein Milchbrötchen zugesteckt.

»Pass auf, dass du nicht zugrunde gehst.«

Väterchen Libion in der Rotonde zuckt ratlos mit den Schultern und seufzt.

Selbst die Schüler der Akademie wissen nichts, die, seit ich mit Amedeo zusammenlebe, dummes Zeug über mich reden: »Modis kleine Nutte«, »die mit den dilettantischen Kohlezeichnungen.« (Warum ›kleine Nutte‹, wo ich doch wie eine Ehefrau ihrem Mann bis in den Tod treu bin? Warum ›Kohlezeichnungen‹ und nicht Tusche, die ich für fast alle meine Skizzen benutze?)

»Habt ihr ihn vielleicht gesehen?«

»Nein.«

Ich habe die Händler in der Rue Bréa und Madame Salomon, die Hausmeisterin der Rue Joseph-Bara 3 gefragt.

»Keine Ahnung, Schätzchen. Mach dir nicht so große Sorgen.«

Von morgens bis abends habe ich die Bars abgegrast. Lion de Belfort, La Coupole, Le Dôme. Vom Jardin du Luxembourg über die Porte Vaugirard bis zum Saint-Michel habe ich hinter jedem Baum, jeder Palme, jedem Ginkgo und allen Magnolien nachgeschaut, hinter jeder

Statue und sogar unter dem grünen Wasservorhang des Medici-Brunnens.

Ich habe Chaim Soutine mit Fragen bedrängt.

»Hör auf, kleines Biest.«

Moise Kisling, der damit beschäftigt war, eine Schülerin, jünger als ich, zu verführen, strich sich seine Haarsträhnen aus dem Gesicht und jagte mich mit einem Klaps davon.

Leopold Zborowski, Rue Joseph-Bara, Rue de Seine.

»Bis jetzt ist er immer wieder zurückgekommen.«

Max Jacob in der Closerie des Lilas. Betrunken und umgeben von jungen Männern in taillierten Anzügen, alle mit den gleichen puppenhaften Gesichtern. Ich habe alle gefragt, die ich getroffen habe und die ihn mögen. Sogar Picasso habe ich gefragt, der ihn nicht mehr ausstehen kann, seit er sich wie ein verkannter Maler aufführt.

»Haben Sie ihn vielleicht gesehen?«

Kein Wundertäter weit und breit.

›Modi entzieht sich allen, die verrückt nach ihm sind.‹

Ich habe das Mädchen im Nerz nie mehr wiedergetroffen, aber ihre prophetischen Worte am Karnevalsabend lassen mir keine Ruhe.

Ich habe am frühen Morgen am Carrefour Vavin am Eingang zu den Katakomben auf ihn gewartet. Am Vormittag bin ich am Square Arago herumgeirrt und habe mich an der Schulter von Lunia Czechowska ausgeweint.

»Kann ohne ihn nicht leben, bin ohne ihn verloren.«

»Warum bringst du dich für einen Mann in so eine Lage? Selbst für einen wie Modi. Leg dich schlafen und wenn du aufwachst, ist er vielleicht schon wieder da.«

Sie singt und ich schließe die Augen.

Komm zurück, ich bitte dich, komm zurück.

Wie gerädert treffe ich in unserem Atelier ein.

Ich schlage ein Buch von Rilke auf, ein anderes von Hölderlin und gerate zufällig an die Textstelle: *Ich bin erstarrt, ich bin aus Stein.* Ich bin so mürbe wie Tuffstein, ein poröses Gestein, das von saurem, anhaltendem Regen zerfressen wird.

Die Abwesenheit meines Liebsten nagt an mir.

Ich bin zum Kommissariat an der Rue Delambre gegangen. Ich habe seine Personenbeschreibung angegeben: Dunkelhaariger Mann, buschige Augenbrauen, Samtanzug, rollt das »r«. Nationalität? Italienisch. Verheiratet, Kinder? Nein. Davon abgesehen ist er Maler. Kein Anstreicher, ein Maler, der das Leben eines Künstlers hier in Montparnasse führt. Ich versichere Ihnen, dass ich nie an seiner Stelle gearbeitet habe, auch dann nicht, als er mich betrunken und völlig verzweifelt darum gebeten hat. Auf jeden Fall ist in einer Paarbeziehung kein Platz für zwei Maler. Es gibt nur ihn und seinen unnachahmlichen Stil.

Ich verhedderte mich in Gegenwart des mondgesichtigen Polizisten, der meine Angaben gewissenhaft auf ein loses Blatt notierte. Seine Feder gab meine Worte in anmutigen Schwüngen wieder.

Schweißtropfen rannen mir über die Nase in den Mund.

Ein dunkelhaariger Mann also, große Hände, lederne Schnürstiefel von guter Qualität, handgearbeitet in Mailand (das steht in Großbuchstaben unter der Sohle, *M-I-L-A-N-O*, in kleinen Buchstaben *Italia*), die ihm sein Bruder Emanuele bei seinem letzten Besuch in Paris geschenkt hat. Ein irres Talent. Mein Bruder würde sagen, vor allem irre und keinerlei Talent. Er ist aber eifersüchtig. Seine Schwester entzieht sich ihm, seine Schwester entwickelt sich zur Frau. Sie verkehrt in der besseren Gesellschaft all dieser Künstler, mit denen er gerne Umgang hätte.

Der Polizist schaute auf.

Wie im Fieber fantasierte ich weiter.

Volle weiche Lippen, die man küssen möchte, die man kurz gesagt auf der Haut spüren möchte, und der Sex, der Sex!

Irgendetwas in diesem Sinn muss ich gesagt haben. Der Polizist fragte mich, ob ich mich setzen wolle.

»Sie sehen aus wie ein Mädchen aus gutem Hause. Fassen Sie sich doch wieder. Wollen Sie, dass man ihre Eltern benachrichtigt? Einen Schluck Wasser? Ein Pfefferminzbonbon?«

Ich wollte vor allem weg. Ich konnte mich nicht mehr auf den Beinen halten. Seit einer Woche hatte ich nicht mehr geschlafen.

*

Amedeo ist nirgendwo.

*

In den Wochen seit der misslungenen Ausstellung bei Berthe Weill sind seine Wangen hohl geworden, seine Augen von dunklen Ringen umschattet. Eine tiefe, senkrechte Furche hat sich in seine Stirn eingegraben. Sein Mund ist zu einem verzerrten Grinsen erstarrt. Nervöse Ticks durchzuckten sein Gesicht.

Er war ständig in Grübeleien versunken.

Im Dunkel unseres Ateliers fand ich ihn niedergekauert, wild entschlossen, mir an die Gurgel zu springen. Sein

Gesichtsausdruck hatte etwas Furchterregendes, wie ein Wolf.

Er verbat sich meine Gegenwart in unserem Bett und fuhr mich an, sobald ich näher kam.

»Muss allein sein, kapierst du das, Minette?«

Minette ... was für eine Dreistigkeit! Und Du antwortest nicht einmal, lässt Dich von ihm beschimpfen. Du lässt ihm alles durchgehen.

Begünstigt durch meine Einsamkeit und Traurigkeit nistete sich die Stimme meines Bruders wieder bei mir ein.

Aus mehreren völlig verwanzten Teppichen, die ich auf der Müllhalde von Notre-Dame-des-Champs gefunden habe, machte ich mir schließlich eine Matratze. Schlafen, ohne ihn zu stören, ohne Hautkontakt oder Berührung unserer Beine.

»Ich habe keine Frau mehr«, beklagte er sich, nachdem wir so mehrere Nächte getrennt waren. »Eine Frau schläft bei ihrem Mann. Und du benimmst dich wie ein Hund, der sich auf seinem Schlafplatz einrollt. Mal ehrlich, schau dich an!«

Du bist verliebt, doch um welchen Preis? Verstehst Du das unter Liebe? Jeden Tag weinst Du heimlich. Du gehst runter in den Hof zu den Mülleimern, um seinen Wutanfällen zu entgehen. Schlägt er dich auch? Kommt es vor, dass er richtig zuschlägt? Gib zu, dass das kein Leben ist.

Ganz gleich, ob ich für einige Stunden zu Papa und Mama ging oder ob ich mit einem Korb voller Lebensmittel zurückkam, Amedeo lachte immer höhnisch.

»Ich habe geglaubt, du wärst eine Zigeunerin, doch ich

habe mich getäuscht. Du bist eine Spießerin geblieben. Während der ganzen Zeit mit mir bist du in Wirklichkeit schön im Warmen bei deinen Eltern geblieben. Dieses Bedürfnis nach Komfort wirst du nicht los.«

Er rührte weder die Pasteten noch die getrockneten Früchte an. »Diese Schwäche ist existenziell.«

Nur Papas Weine interessierten ihn. Julienas, Saint-Amour, Moulin-à-Vent. Er trank nichts anderes.

»Du kannst dich noch so verstellen, wenn dich der Hunger quält, machst du dich aus dem Staub.«

Amedeo hat sich angewöhnt, mal für eine Nacht, mal für mehrere Nächte nacheinander zu verschwinden.

Er weiß, dass ich am Fenster auf ihn warte.

Ich werde ihm keine Vorwürfe machen.

Es wird dunkel und in den Wohnungen gegenüber gehen die Lichter an. Behagliches Heim, Papa, Mama, Kinder. Papa, Mama. Meine Seele flattert einige Sekunden zu den Sternen, fällt zurück in die Tiefen des Brunnens meiner Traurigkeit und ertrinkt dort in schlammigem, unruhigem Wasser.

Amedeo entzieht sich, geht anderswohin. Wohin wohl? Denkt er dabei an mich?

Er kommt zurück, als ob nichts gewesen wäre, wie ein Kind, das eine Dummheit begangen hat. Ich empfange ihn mit offenen Armen. Wir lieben uns freudlos. Ich zwinge mich dazu, denn seit Wochen habe ich keine Lust mehr auf Sex. Er ist unersättlich, droht mich mit Haut und Haar zu verschlingen. Dann steht er auf und geht weg, ohne sich zu waschen. Bleib bei mir, Liebster. Doch er ist durch kein Wort, keine Geste zurückzuhalten.

Er zieht schon wieder los.

Mir ist ständig übel. Die Konserven, die Mama mir mitgibt, schmecken mir nicht mehr. Ich werfe sie, kaum geöffnet, weg.

Meine morbiden Gedanken spiegeln sich in meinen Bildern wieder. Ein Mann ganz in Schwarz, dessen ausgemergelte Gesichtszüge sich unter einem breitkrempigen Hut verbergen.

Er kommt leichenblass und abgemagert zur Tür unseres Ateliers herein.

So tritt mir der Tod gegenüber.

*

Ich bin unfähig, ein normales Leben zu führen. So ein gut geregeltes wie das von Mama. Ein einfaches Leben wie das von Lunia Czechowska.

Zu essen einkaufen, essen. Geld bei Zbo auftreiben. Dreißig Francs. Die kaputte Glühbirne auswechseln. Uns mit Kohlen versorgen. Zu allem unfähig.

Die Glasfront ist an vielen Stellen undicht. Überall bildet sich Rost. Es regnet rein. Aus den Mauern blüht Salpeter aus. Brackiges Wasser steht unter den Bodendielen. Aus dem Ofen steigt beißender Rauch.

Zu allem unfähig.

*

Der Februar ist eiskalt.

Soutine lädt mehrere Ster Brennholz für mich und unseren Nachbarn Manuel Ortiz de Zarate ab. Auf dem Treppenabsatz – Manuel lässt nie jemanden in sein Atelier hinein – tauschen sie kleine Gemälde aus, deren Farbe noch nicht getrocknet ist. Rosensträuße in einer Vase, ausgebreitete, fleischige Blätter. Eine rote Treppe, ein Strom von Blut in einer Stadt, alle Fensterläden geschlossen. Sie legen den Finger direkt auf die Arbeiten, folgen den Linien, begutachten sie und radebrechen in einer Sprache, die ich nicht verstehe.

Ich biete ihnen einen Kaffee mit Schnaps an, den sie in einem Zug hinunterstürzen.

»Hast du etwas vom Transalpiner gehört?«, fragt mich Soutine.

»Nein, nichts.«

Funkstille.

Totale Niedergeschlagenheit.

An der Glasfront haben sich Eiszapfen gebildet. Ihr bläulicher Glanz fasziniert mich. Ich beobachte stundenlang, wie sie auftauen und sich in wechselnder Gestalt wieder verfestigen.

Heute Abend bin ich wieder allein. Ich packe mich in meine dicken Wollsachen ein und mache mich im Autobus zum Théâtre Cirque d'hiver auf.

Mama wollte unbedingt mit mir ins Konzert gehen.

Vor dem Krieg wählte André jede Woche eine Oper, ein Theaterstück in der Comédie Française oder Veranstaltungen in der Salle Gaveau oder der Salle Pleyel aus. Danach nahm er mich noch in eine Brasserie an den großen Boulevards mit. Platte mit Meeresfrüchten, Sauerkraut mit Speck und Würsten.

Wir unterhielten uns kaum. Doch die letzten Noten des *Faust* oder des *Requiem* klangen in uns nach. Ein

Confutatis maledictis tief aus dem Jenseits, Stichworte aus *Scapins Streichen* und all die Sinfonien von Bach, die Mazurken von Chopin, die mich begeisterten.

Ich dachte, seit Beginn des Krieges seien die meisten dieser Aufführungen abgesetzt worden, aber dem war nicht so. Im Théâtre de la Gaîté, am Pigalle, an der Place de la République und an der Bastille ging alles weiter, als ob nichts geschehen wäre, die Feste, die freizügigen Spektakel und sogar die Bälle in den Kellern der Cafés. Es sind nur weniger Männer da, aber viele vereinsamte Frauen am Arm ihrer Mütter.

Seit ich mit Amedeo zusammenlebe, höre ich Tangomusik auf Kislings Phonographen mit Schalltrichter, alle Arten moderner Musik, die André verabscheuen würde, sowie die kurzen Stücke von Erik Satie, seine *Gnossiennes*.

Jedes Mal, wenn ich meine Eltern in der Rue Amyot besuche, wollen sie mich zum Bleiben überreden.

»Geh noch nicht, Jeanne, bleib noch ein bisschen. Iss mit uns zu Abend. Erzähl uns, was du so machst.«

Ihre Worte treiben mich in die Enge und lassen mich überstürzt die Flucht ergreifen.

Am Vorabend des Konzerts trat ich auf dem Treppenabsatz vor Ungeduld von einem Fuß auf den anderen, um endlich loszukommen. Eudoxie wedelte aufgeregt mit den Konzertkarten.

Tränen traten ihr in die Augen. Werde wieder wie früher, mein Liebling, schien ihr flehentlicher Blick zu sagen, sei wieder wie damals, als du untergehakt mit deinem Bruder ausgingst und er dich danach zum Abendessen ausführte. Wie richtige Verliebte, meine lieben Kinder.

Sie tat mir leid in ihrem Schmerz.

So sitze ich jetzt auf einer Holzbank im Théâtre Cirque d'hiver, die Hände unter den Oberschenkeln, eingezwängt in einen dicken Pullover, und fühle mich unwohl in meiner Haut – so unwohl wie damals, als ich noch nicht mit Amedeo Modigliani zusammen war und mich fremd in meinem eigenen Körper fühlte.

Die Musiker stimmen ihre Instrumente, während sich der Saal nach und nach mit jungen Frauen, wenigen Soldaten in Uniform und einigen auf ihren Stock gestützten Alten füllt. Die *Messe in C-Dur* von Beethoven. *Die sieben letzten Worte unseres Erlösers am Kreuz* von Haydn. Sie werden mit einem *De profundis* von Bach »zu Ehren unserer tapferen Soldaten«, so heißt es im Programm, abschließen.

Was für ein Trauerspiel.

Der Saal liegt im Dunkeln.

Wo ist Mama?

Ich suche nach ihrer schmalen Silhouette mit der zu einem straffen Knoten hochgesteckten Frisur. Doch zuerst sehe ich André. André! Sein ausgezehrtes Gesicht, die kurz geschorenen Haare unter der Kappe. Immer noch der Schnurrbart, der ihn älter macht. Das siegessichere Auftreten, das er vor dem Krieg und auch noch in den ersten Monaten zur Schau trug, wenn er von der Front zurückkam, ist einem niedergeschlagenen Habitus gewichen. Sein Lächeln ist verschwunden, sein Blick erloschen.

Im Halbdunkel bahnen sie sich ihren Weg zwischen den Rängen.

Dieser Falle entkommen. Mich durch einen Notausgang absetzen, in einem Mauseloch verschwinden. Doch ich rühre mich nicht von der Stelle, fühle mich unförmig in meinen Wollsachen, starr vor Kälte. André setzt sich neben mich, ergreift meine Hand und küsst sie. Er hält sie fest, bis die letzte Note verklungen ist.

De profundis clamavi ad te, Domine.

Die Musiker stehen auf und verbeugen sich. Er applaudiert nicht, schaut mich an und von seinen Lippen lese ich ein »Ich liebe dich« ab. Dieses »Ich liebe dich« machte mich früher glücklich, heute erschreckt es mich. Was ihm antworten? Ich liebe dich auch, André, ich liebe dich natürlich, aber es ist nicht mehr wie früher, nicht mehr bedingungslos. Lass mich gehen. Ich habe eine einmalig große Liebe gefunden, André, und da ist kein Platz für einen anderen.

*

Nach dem Konzert gehen wir zu Fuß nach Hause. Place de la Bastille, Boulevard Henri-IV. Ich klammere mich an den Arm meines Bruders wie an einen Ast auf einem glitschigen Pfad. Ein dünner, stacheliger Zweig, eine blaue Distel, Brennnesseln, die die zarte Haut der Handfläche verletzen.

Seit ich Amedeo begegnet bin, schwebe ich leicht über dem Boden. Aber an diesem Abend sind meine Beine bleischwer. Ein heftiger Schmerz durchfährt mich. Ich krümme mich zusammen. Wartet einen Augenblick, nur einen Moment, es geht schon, nur ein bisschen Bauchweh, eine beginnende Grippe.

Ich bleibe über Nacht in der Rue Amyot. Das habe ich schon seit Monaten nicht mehr getan.

»Mehr als ein Jahr, ohne dich zu sehen, Jeanne, ohne ein Wort von dir. Deine Schrift auf einem Umschlag würde mich so sehr freuen.«

Ich lege mich mit einem heißen Umschlag auf dem Bauch in mein Bett.

»Du hast also Ersatz für mich gefunden? Ich habe vielleicht ein Glück.«

Ich drehe mich zur Wand und wende mich mit dem Zeigefinger konzentriert den Rissen und Blasen in der Tapete zu.

»Ich setze mich der Gefahr aus, an der Marne von Kugeln durchsiebt zu werden, tagtäglich. Der Tod lauert überall. Und für dich ist es der Moment, mich fallen zu lassen. Ich habe vielleicht ein Glück.«

Diese idiotische Bemerkung «Ich habe vielleicht ein Glück« wiederholt er immer wieder, ohne es wahrzunehmen. Am liebsten würde ich ihm deswegen an die Gurgel gehen, wie früher, als wir sechs oder acht Jahre alt waren und mit ausgefahrenen Krallen miteinander rauften. Stattdessen beschäftige ich mich mit den Rissen in der Tapete.

»Komm in meine Arme. Sag mir endlich die Wahrheit.«

Ich verkrieche mich unter der Decke und ziehe mir das Kissen über den Kopf.

»Du kannst mir alles sagen, Schwesterchen. Du schweigst also, ich habe vielleicht ein Glück.«

Ich könnte ihn mit bloßen Händen umbringen.

»Du musst unbedingt mit uns reden. Mit mir. Mit Papa, mit Mama. Unbedingt.«

Die ganze Nacht wacht er über mich, und als er endlich einschläft, stehe ich auf. Am frühen Morgen packe ich meine Sachen zusammen und kehre zur Rue de la Grande-Chaumière zurück.

Mama hat ein Brioche bereitgelegt. Ich wickle es in ein Küchentuch und nehme es mit.

*

Du siehst, dass ich mich verändert habe, völlig ausgelaugt bin. Hart, eigensinnig, tyrannisch.

Du hast recht, Schwester. Aber Du weißt nicht, was sich dahinter verbirgt. Du wirst es niemals erfahren.

Ich kann meine toten Freunde nicht mehr beweinen.

Schluss mit den Tränen, Schluss mit der Zärtlichkeit.

Nie wieder werde ich Gefühle wie Liebe empfinden, die Freuden des einfachen Lebens, den Genuss einer Scheibe saftigen Bratens oder eines Glases Saint-Estèphe. Rot bedeutet Tod, verstümmelte Gliedmaßen, lebendig zerrissene Leiber.

Es gelingt mir nicht einmal mehr, in den Kampfpausen zu malen. Keine Kraft mehr.

*

Auf der Treppe zum Atelier in der Rue de la Grande-Chaumière begegnet mir eine füllige Frau mit schwarzen Haaren und vollen Lippen. Sie trägt goldene Ohrringe. An den Handgelenken klimpern Armreifen.

Sie mustert mich misstrauisch.

Sie sieht aus wie eine der Zigeunerinnen, die sich vor Notre-Dame herumtreiben und so etwas murmeln wie: »Aus der Hand lesen, aus der Hand lesen.« An der Brust tragen sie teilnahmslose, in bunte Tücher gewickelte Säuglinge. Ich habe es nie gewagt, mich ihnen zu nähern, aus Angst, dass sie mir aus dem Geflecht der Linien in meiner Hand die Wahrheit über meinen unmittelbar bevorstehenden Tod vorhersagen könnten.

Die Frau atmet schwer. Sie seufzt und schnalzt mit der Zunge, um auf sich aufmerksam zu machen.

Sie macht einen vulgären Eindruck und ist auf Streit aus.

Ich wühle in meiner Handtasche, breche ein Stück Brioche ab und knabbere daran, ohne aufzuschauen.

Als ich an ihr vorbeigehe, höre ich sie höhnisch sagen: »Sie rücken nicht gern etwas heraus, die Spießerinnen, dafür sind sie nicht bekannt. Man muss sie zwingen, das, was ihnen am liebsten ist, herzugeben.«

*

Ich öffne die Tür. Das Bett nicht gemacht, Amedeo mürrisch hinter der Staffelei.

Er wärmt sich mit einem Schnaps, dessen süßlicher Geruch bei mir Übelkeit auslöst. Jeden Morgen, schon nach dem Aufwachen, trinkt er Alkohol. Eine kaum merkliche Bewegung seines Nackens und am Haaransatz verschwindet eine Falte. Einige Schlucke und er entspannt sich.

Er mustert mich und fragt mit Grabesstimme: »Wer wird das Kaddisch für dich beten, Jeanne?«

Ich stürze zur Wanne und übergebe mich. Als ich mich, grün vor Galle, aufrichte und nach ihm umschaue, ist er schon wieder verschwunden.

*

Mein Körper wird von ständiger Übelkeit gepeinigt.

Alles löst Ekel bei mir aus: Ob ich etwas esse oder Diät halte, der säuerliche Geruch, der mir aus den geöffneten Weinflaschen am Fußende unseres Bettes entgegenschlägt, die kalten Tabakreste in den Aschenbechern, das Terpentin aus den geöffneten Kanistern.

Ich bin in der Rue Bréa oder am Carrefour de la Gaîté unterwegs, als mir plötzlich schwindelig wird. Ich suche

Halt an einer Hauswand. Eine helfende Hand streckt sich mir entgegen, um mich zu stützen.

»Halten Sie sich an meiner Schulter fest, Mademoiselle. Sollen wir einen Krankenwagen rufen?«

Doch immer ist dieses Schwindelgefühl da, diese Magensäure, die mir hochkommt und einen üblen Geschmack im Mund hinterlässt.

»Trinken Sie doch einen Schluck zur Stärkung, ein Stück Zucker mit Pfefferminzlikör, das wird Ihnen guttun, Sie werden sehen.«

Mir ist nicht zu helfen.

Allein gehe ich weiter, eine Fremde im eigenen Körper.

Schließlich suche ich Rat beim Hausarzt der Familie an der Place de la Contrescarpe. Mama hatte sich ihm anvertraut, als ich fünf, sechs Jahre alt war. Ich verschwand ganz klein in dem Ledersessel. Je mehr sie die »Lage« schilderte, desto mehr sank ich in mich zusammen. Ich zählte die Platanen im Hof. Eins, zwei, drei, vier ... Sie zeigte mit dem Finger auf mich.

»Die Kleine versteht, was man zu ihr sagt, aber sie antwortet nicht, kein Wort, keinen einzigen Ton. Und sie will nicht mit den gleichaltrigen Mädchen spielen. Sie sitzt stundenlang am Fenster und schaut hinaus. Das ist doch nicht normal.«

Er hatte ratlos mit den Schultern gezuckt und einen Spezialisten am Hospital Laennec empfohlen.

Mama hatte das Honorar bezahlt, sich erhoben und war mit mir gegangen. Sie hielt meine Hand und zog mich hinter sich her. »Du wirst mich noch umbringen, weil du nicht so bist wie die anderen. Du bringst mich noch ins Grab.«

Ich lege mich auf die Untersuchungsliege.

»Du fühlst dich nicht wohl? Hast du Fieber?«

Er horcht meine Bronchien ab, untersucht die Lymphknoten unter den Achseln und am Hals, tastet meinen Bauch ab und leuchtet in die Ohren.

»Mach den Mund auf und sag ›Aaa‹. Nichts. Hast du zugenommen?«

Meine Hüften sind breiter, mein Bauch ist dicker geworden. Obwohl ich nichts zu mir nehme. Meine weitesten Kleider sind mir zu eng geworden.

»Zur Zeit grassiert eine Magen-Darm-Grippe. Das hätte ich auch bei dir lieber diagnostiziert.« Er seufzt. »Aber du bist schwanger, Jeanne.«

Die Nachricht überrascht mich nicht. Die Übelkeit, der Schwindel ... Ich ahnte es, ohne es vor mir selbst zugeben zu wollen: Ich bin schwanger.

»Wissen deine Eltern Bescheid?«

Ich bin ohne ihr Wissen gekommen.

»Das tut mir leid für dich.«

Der Arzt schreibt mir den Namen einer Frau auf ein Blatt Papier. Die Adresse: Rue des Gobelins.

»Das ist ein Pseudonym. Diese Dame arbeitet nicht unter ihrer wahren Identität. Sie versteht ihr Handwerk, doch du kennst die Risiken, nicht wahr?«

Ich nicke schweigend.

»Geh dort hin und klingle. Wenn sie Zeit hat, wird sie dich hereinlassen.« Er küsst mich auf die Stirn. »Es wäre vielleicht besser, wenn dich jemand begleitet ... Der Junge ...«

Ich schaue auf meine Füße. Durch ein Loch in der Schuhsohle war kürzlich Regenwasser eingedrungen und hatte die Strümpfe durchnässt. Ich hatte versucht, die derben

Schuhe notdürftig zu flicken, aber die Naht war nicht wetterfest.

Beim Verlassen der Praxis höre ich, wie der Arzt die Türe hinter mir schließt und dabei leise sagt: »Die arme kleine Hébuterne, das hätte ich niemals gedacht ... Ein Kind noch ...«

*

Nichts ist mehr leicht.

Ich schreibe nichtssagende Sätze ins Heft.

Ich bin schwanger; ich bin im Zustand der Schwangerschaft; ich erwarte ein Kind.

Mein Körper folgt seither der Schwerkraft. Tagtäglich nimmt er zu und belastet meine Gedanken.

Der »große Fehltritt« fällt noch nicht auf. Aber bald wird er sich für jeden gut sichtbar als Beweis meiner Wollust unter meiner Kleidung abzeichnen. Vergeblich werde ich versuchen, ihn unter weiten Gewändern, Ponchos und Wollpullovern zu verbergen, weit gefehlt! Die Leute werden mich voller Mitleid ansehen.

Man wird den Mädchen aus der Nachbarschaft den Umgang mit mir verbieten, diesem sauberen Früchtchen, diesem Unkraut, und wird sie dazu anhalten, mich zu ignorieren. Man wird mir die Tür vor der Nase zuschlagen und mich mit Verachtung strafen.

Und sie werden endlos über die rothaarige Hexe aus der fünften Etage herziehen.

Klatsch und Tratsch wird Papa und Mama den Rest geben. Einmal losgelassen werden die Klatschbasen nie mehr aufhören. Zu Tisch beim saftigen Sonntagsbraten, vor dem Abendgebet, nach der Messe und hinter vorgehaltener

Hand in den Gemeinschaftsräumen des Wohnhauses in der Rue Amyot. Eine ledige Mutter, noch so eine, die sich vor der Ehe hat flachlegen lassen, ein Flittchen, das den Hals nicht voll bekommen kann. Sie hat sich schwängern lassen wie ein Straßenmädchen. Niemand wird noch etwas von ihr wissen wollen, außer der Kirche vielleicht. Ja, die Kirche in ihrer Güte nimmt sich solcher gefallener Mädchen an.

Wie alt ist sie? Kaum fünfzehn? Ich werde ruhig antworten, ohne dabei den Blick zu senken – was habe ich schon zu verlieren, jetzt, wo ich meine Ehre verloren habe: Bald werde ich zwanzig Jahre alt, Madame.

*

Amedeo schläft nicht mehr im Atelier.

Er kommt nur noch ab und an vorbei.

Ich flüstere ihm Worte der Liebe zu: »*Love*, bleib wenigstens diese Nacht«, Worte, die nicht zu mir passen. »*Tesoro mio*, nur einige Minuten. Ich liebe dich, mein Herz.«

Meine Stimme versagt.

Er sieht mich wortlos an.

Ich lasse das Heft auf der Seite aufgeschlagen, auf der ihm die Nachricht sofort ins Auge springt: *Sono incinta*.

Er wirft keinen Blick darauf, so wie wir es unausgesprochen vereinbart haben. Man wühlt nicht in den Sachen des anderen mit der Wut derer herum, die sich einmal geliebt haben und schließlich voller Hass alles durchstöbern. Man schaut nicht in die Bücher, die Notizen, nicht auf die dreimal unterstrichenen Sätze, in die Skizzenbücher, die Entwürfe, auch nicht unter die Abdeckung der unvollendeten Gemälde. Keine Eifersucht, selbst wenn das unbändige

Verlangen, den Anderen besitzen zu wollen, an der Wirklichkeit scheitert: Ich bin nicht er, er ist nicht ich.

Sono incinta.

Er geht daran vorbei, ohne es zu sehen.

Diese Worte bedeuten mir nichts.

Diese Worte bedeuten ihm auch nichts.

Er hat das Bedürfnis zu verschwinden, sich aus dem Viertel davonzuschleichen und einfach in den Tag hinein zu leben. Das Bedürfnis, ziellos durch Paris zu laufen, die Stadt zu verlassen und den Biegungen des Flusses zu folgen. Er setzt sich in ein Lokal, hört den Unterhaltungen von Unbekannten zu, Stammkunden oder Handlungsreisenden.

Er braucht Ruhe fern des Lärms von Montparnasse.

*

Während seiner Abwesenheit übertrete ich die Regel, die für unser Zusammenleben gilt.

Ich hebe das Tuch hoch, das das Gemälde auf seiner Staffelei verdeckt. Normalerweise lässt Amedeo niemals ein Bild mehrere Tage lang unvollendet. Er stellt es in wenigen Stunden fertig. Laut Leopold Zborowski, der seinen Käufern gegenüber die außergewöhnlichen Fertigkeiten seines Lieblingsmalers preist, ist er der schnellste Porträtist von Montparnasse. Drei Striche, vier Farbaufträge und schon fertig. Ein Genie.

Es kommt vor, dass er eine Arbeit zerreißt und alles aus dem halb offenen Fenster wirft.

Zu diesem Bild aber kommt er immer wieder zurück, am frühen Morgen und abends im Schein einer Öllampe. Sobald er hereinkommt, arbeitet er weiter daran. Beim Mischen der Farben grummelt er ohne jeden Sinn kaum hörbare Worte vor sich hin: »Siena«, »Mandel«, »undurchdringliche Maske«, »Inselschönheit«.

Dann deckt er es wieder ab und macht sich zornig davon. Was sucht er?

Die Wahrheit, die sich hinter den Augen verbirgt. Die verwandte Seele.

*

Der Hintergrund des Bildes ist flüchtig hingeworfen in einem Blaugrau, wie ich es für meine eigenen Bilder verwende.

Amedeo hat mit meinen Farbtönen gearbeitet.

Das schmeichelt mir.

Das macht mir zu schaffen.

Vor diesem Hintergrund steht eine beleibte Frau mit rundlichen Schultern.

Sie starrt mich durchdringend an. Feine Augenbrauen unterstreichen einen tiefgründigen Blick, ein Auge ein bisschen heller als das andere. Ein weißes Hemd bedeckt ihre Scham.

Ihr Gesicht spiegelt das Verlangen von Amedeo wider.

Mit Bleistift hat er auf die rechte Seite des Bildes in unsicherer Handschrift »Elvira« geschrieben.

Es ist der Raubtierblick der Zigeunerin, die ich am Morgen nach dem Konzert im Treppenhaus getroffen habe.

›Man muss die Spießerinnen zwingen, das, was ihnen am liebsten ist, herzugeben.‹

Sie hätte handgreiflich werden können, das Weib.

*

Mir fehlen die Worte, um meinen Schmerz zu beschreiben.

Einfach schreiben: *Ich blute.*

Meine Fingerspitzen sind rissig; meine Lippen aufgesprungen; ich kaue an den Fingernägeln, zupfe an der Nagelhaut wie Mama, wenn sie äußerst unruhig ist und der ganze Druck ihr wie ein Stein im Magen liegt. Sie kann dann nicht mehr atmen, nicht mehr sprechen.

Ich ersticke.

Mein ganzer Körper tut mir weh, seit ich Elvira begegnet bin.

Lunia verbringt ganze Nachmittage bei mir im Atelier. Das bedeutet nichts weiter. Sie massiert mir den Nacken mit Mandelöl, das einen süßlichen Duft auf meiner Haut hinterlässt. Das bedeutet nichts weiter. Schlaf ein bisschen. Das geht vorüber, alles geht mit der Zeit vorüber. Ja, die Zeit heilt alle Wunden.

Sie singt immer wieder dasselbe Wiegenlied: »Lalelu …« Wie eine Mutter.

Nichts kann die mich quälende Eifersucht vertreiben.

Ich bin neidisch auf Elviras aggressive Spottlust, ihre Selbstsicherheit und die Augenblicke mit Amedeo, die sie mir stiehlt.

Mit sanftem Druck seiner Hände spürt er den Rundungen und Kurven ihres Körpers nach. Sie schlafen mit dem selben Atemzug ein und wachen erhitzt, schweißgebadet und eng umschlungen auf. Ihr Keuchen, ihre Schreie verfolgen mich in den Schlaf. Völlig gerädert stehe ich auf und übergebe mich.

Amedeo zelebriert mich in seinen Bildern. Aber nachts geht er zu ihr.

»Er vögelt sie!«, sagt Soutine zu mir. »Sie ist eine seiner zahlreichen Nutten. Eine Mieze aus Marseille, die sich hier ein bisschen verloren fühlt ... Mach keinen Wind darum. Männer sind von Natur aus untreu. Ihre Liebe hat damit nichts zu tun. Dich liebt er, aber sie vögelt er. So ist das Leben, vergiss die falsche Romantik und lächle ein bisschen. Ich bin nur meiner Mutter treu geblieben. Man muss sagen, in Smilawitschy herrschte ziemliche Flaute, was das angeht. In Paris lebt man sich nach Herzenslust aus und gibt sich beliebig oft hin. Frankreich ... Frankreich! Wiege der Menschenrechte, Vaterland von Clemenceau und der Liebe! Hier nutze ich jede Gelegenheit. Ich schlafe mit meinen Modellen, mit Amerikanerinnen, meiner privaten Französischlehrerin, mit Prostituierten, jenen, die mit rosafarbenen Boas um den Hals an der Rue Stanislas stehen, mit Schülerinnen und verheirateten Frauen. Auch mit verheirateten Frauen, Jeanne. Schau mich nicht so groß an, du machst mir Angst. Nur ein naives Mädchen wie du glaubt an die körperliche Treue.«

Soutines Ansprache klingt in mir nach, begleitet von den schroffen Worten meines Bruders, mit all dem, was er mir sagen würde, wenn er mich im Unglück gefangen sähe, unfähig, dieser Liebe zu entkommen.

Jeanne, wie einfältig Du nur sein kannst. Die Männer denken immer nur an das Eine: oberflächliche Liebschaften. Mich betrifft das nicht mehr. Ich hätte ein Keuschheits- und Schweigegelübde ablegen, mich in die Abtei von Lérins zurückziehen und dort glücklich sterben können. Sex interessiert mich nicht mehr, seit ich in den Krieg gezogen bin.

Wenn mein Regiment in einer Stadt Halt macht, fragt man nicht zuerst nach der Kirche, sondern nach dem Bordell. Und die Kameraden steigen manchmal einer nach dem anderen über dasselbe Mädchen, ungeachtet dessen, dass ihre Spermien noch aus ihr herausfließen, und ohne

Angst vor dem Tripper. Wenn kein Bordell da ist, masturbieren sie mit Putenschnitzeln, die sie bekommen haben, um nach Tagen der Entbehrung damit eine gute Mahlzeit abzurunden. So sind die Männer. Sie holen sich lieber einen runter, als anständig zu essen. Man muss eben die Samenflüssigkeit loswerden. Öffne also die Augen. Dein Amedeo weicht nicht von der Regel ab, die unser armseliges Leben beherrscht. Er ist nicht besser als die anderen. Vielleicht sogar schlimmer.

*

Amedeo landet nicht immer in den Betten anderer Frauen, bei Elvira oder den Mädchen, die ihm Modell stehen. Er geht einfach weg, um den Lärm der Cafés und seine eigenen Wutausbrüche zu vermeiden.

Er sagt, es sei leichter nicht zu arbeiten, sich zu amüsieren, zu trinken, den *Maestro* zu spielen und im Cabaret Bal Nègre die Gigue zu tanzen. Es ist leichter, sich in seinem Glanz zu sonnen und zu prahlen, als sich mit dem Gefühl der inneren Leere auseinanderzusetzen.

Amedeo steigt in einen Zug an der Gare d'Orsay oder Saint-Lazare, ohne auf das Fahrtziel zu achten. Er steigt aus, wenn ihm die Landschaft oder das Licht gefallen oder er nach einem längeren Mittagsschlaf mit dem Gesicht gegen die Scheibe gelehnt aufwacht.

Er irrt auch im Trocadéro-Museum und in den Sälen der griechischen und ägyptischen Antike des Louvre herum und streicht zärtlich über die Konturen der Statuen. Stundenlang betrachtet er einen Fries aus dem Tempel von Angkor Vat, der eine Reihe von Göttern darstellt. In seinen blauen Skizzenblock zeichnet er die geschwungenen Hüften der tanzenden Göttinnen, ihre platten Nasen und ihre Augenbrauen, die eine waagerechte Linie auf der Stirn bilden. Manchmal berührt er mit den Lippen ihren Mona-Lisa-Mund und unter dem kalten Schweigen seiner Idole fühlt er mich erzittern.

*

Amedeo erscheint in der Türfüllung.

Mit nicht wiederzuerkennender, mir selbst fremder Stimme kündige ich ihm an: »Ich bin schwanger.«

Ich war darauf gefasst, dass er mit großen Schritten kehrt machen und mich mit Vorwürfen überschütten würde.

»Konntest du nicht vorsichtiger sein! Dich waschen!«, würde er mich anschreien, mich auffordern, abzutreiben, und mir dabei Geldscheine ins Gesicht werfen, »um die Dame zu bezahlen.«

Ich hätte das Geld genommen und wäre gegangen. Ich wäre gelaufen, gelaufen, bis zur Erschöpfung gelaufen. Ich hätte mich in einen Kahn gelegt und mich treiben lassen, so lange, bis ich im Strom verschwunden wäre.

»*Sono incinta.*«

Fassungslos schaut er mich an.

Er hüpft von einem Fuß auf den anderen quer durch das Atelier, öffnet die Tür zur Treppe und klopft bei Manuel Ortiz de Zarate. »Komm raus, Riese! Komm heraus!« Die Hände zum Trichter geformt, schreit er in den Flur. »Sie wird mir einen Sohn schenken! Einen Sohn!« Er entriegelt das Dachfenster und ruft noch einmal.»Einen Sohn!«

Sein animalischer, verbissener Gesichtsausdruck verschwindet schlagartig und weicht einem strahlenden Lächeln. Seine Stimme klingt freudig erregt.

»Wir werden nach Livorno fahren und es meiner Mutter mitteilen. Jetzt lebe ich weiter … ich verewige mich auf dieser Erde … Jetzt werde ich unsterblich durch die Gnade Gottes.«

Er nimmt mich in die Arme, vergräbt den Kopf an meinem Hals, knabbert an meinem Ohr, lässt mich wieder los, um seltsame Sprünge zu vollführen.

Außer sich vor Freude, bestellt er in der Rotonde im Kreis seiner Freunde Champagner für alle. Ich halte seine Hand fest aus Angst, über einen Stuhl, einen Spazierstock oder den spitzen Schuh einer Dame zu stolpern, aus Angst erschöpft zusammenzubrechen, und dennoch glücklich, endlich meine Liebe, seine heitere Art wiedergefunden zu haben.

Aber für wie lange?, komme ich nicht umhin zu denken.

Als wir spätnachts nach Hause gehen, sagt Amedeo trunken mit schwerer Zunge: »Es tut mir leid, dich schlecht behandelt zu haben, *carina*. Ich konnte nicht anders.«

*

Wir kommen nicht wirklich zum Essen oder Schlafen.

Tagelang bleibt er ganz dicht in meiner Nähe.

Jeanne Hébuterne, schwanger.

Meine Augen sind von einem verwaschenen Blau, fast weiß. Mein Bauch ist kaum sichtbar unter dem hellorangen Wollstoff.

*

Mama streicht über das Mieder meines Kleides, was sie früher niemals gemacht hätte. Leicht kreisende Bewegungen mit ihrer seidenweichen Hand.

»Hast du Hunger? Soll ich dir ein Sandwich machen?«

Ihr Verlobungsring aus Weißgold, mit Diamanten besetzt, und ihr Ehering haben im Laufe der Jahre leichte Kerben am Ringfinger hinterlassen.

»Gürkchen?«

Sie lässt nicht ab von ihrem betulichen Gehabe.

Was will sie von mir?

Ich weiche verlegen in den Flur zurück; wende mich ab und krame in meiner Tasche. In einer Nische im Halbdunkeln suche ich Schutz, um in den fremdartigen Motiven des Wandbehangs zu verschwinden, die ich mir noch nie so genau angesehen habe. Jagdhunde auf einem seegrünen Feld, ein Teich, Seerosen und ein von der Meute gestelltes Reh.

Hat der Arzt von der Place de la Contrescarpe ihr alles erzählt? Jeanne ist in Gefahr, Madame, ich muss sie warnen. Ich habe ihr die Adresse einer Engelmacherin gegeben und bedaure es inzwischen zutiefst. Ich möchte ihren Tod nicht auf dem Gewissen haben.

Oder hat Mama an meiner bleichen Gesichtsfarbe, meiner gekrümmten Haltung und den neuen Rundungen meines Körpers erkannt, dass ich schwanger bin?

Sie hört nicht auf, mir all ihre Vorräte aus der Speisekammer anzubieten. »Ein Brot mit Marmelade? Aprikose, Himbeere?«

Sie steht mir erwartungsvoll gegenüber und streift mich mit einer zärtlichen Geste. Auf ihren Handrücken sind braune Altersflecken.

»Nichts, ich möchte nichts.«

Sie steht einige Minuten bewegungslos da.

Die Silhouette ihrer zarten, schwarz gekleideten Figur zeichnet sich im Gegenlicht in der Türfüllung ab. Welche kaum merkliche Bewegung ihres Körpers weckt in mir das unwiderstehliche Bedürfnis, mich ihr anzuvertrauen? Ein Zittern ihrer Unterlippe, ein Blinzeln?

Aus der hintersten Ecke, in die ich mich zurückgezogen habe, beginne ich, ihr alles zu erzählen. Von Amedeo, dem Glück, der Freiheit, der Angst und dem Begehren, selbst von meiner Sinnenlust, meinem von Zwängen befreiten, schutzlosen Körper. Von meiner Eifersucht, die mich quält und derer ich mich schäme. Meiner Traurigkeit und Einsamkeit in den Nächten, in denen er mich alleine lässt. Von der aufkommenden Verzweiflung.

Ich beichte ihr alles, was eine Tochter niemals ihrer Mutter anvertrauen sollte.

»Mein Baby, mein armes, kleines Baby.«

Ich gehe zu ihr und weine mich hemmungslos an ihrer Schulter aus.

Diese Tränenflut versiegt erst, als ich Papas Schritte auf der Treppe höre.

Sie reicht mir ein Taschentuch, das mit ihren beiden Vornamen Eudoxie und Anaïs bestickt ist.

Wir versinken in tiefem Schweigen.

*

Mama macht mir überhaupt keine Vorwürfe. Weder wegen meines Leichtsinns noch meiner Vernarrtheit oder dieser verrückten Liebe zu einem Ausländer, einem sephardischen Juden, einem Mann, der Jiddisch, Ladino und Hebräisch genauso gut spricht wie seine Muttersprache, das Italienische, ein mittelloser, älterer Künstler. Sie tadelt mich nicht wegen der drohenden Frage, »was wohl die Leute dazu sagen werden«, die uns pausenlos bis ins Grab verfolgen wird, noch für das Leid, das ich ihnen antue, ihnen, meinen Eltern und André. Sie sagt nicht: »Du wirst uns eines Tages umbringen«, diesen Satz, den sie seit meiner Kindheit in allen Tonlagen wiederholt und der mich bis in mein Innerstes trifft.

Sie verlangt meine Adresse.

Rue de la Grande-Chaumière 8, oberste Etage.

Sie bringt mir Lebensmittel in einem Weidenkorb, stellt ihn auf einem niedrigen Tisch ab, auf dem sich Aschenbecher, Bücher, lose Blätter und Farbtuben stapeln, oder bringt alles in unserem Vorratsschrank unter. Manchmal räumt sie ein bisschen auf, faltet die Laken oder wechselt sie gegen frische mit dem Naphtalingeruch aus der Rue Amyot. Alles ohne ein einziges Wort.

Wenn Amedeo da ist, sagt sie »Guten Tag, Monsieur« zu ihm. Ohne einen Anflug von Grobheit oder Groll in der Stimme. Noch nicht einmal verkniffene Lippen, nicht einmal ein harter Gesichtsausdruck.

»Signora, sehr erfreut.«

Er tut weder vornehm, noch spielt er den Bürgerschreck, den Snob oder den verfemten Künstler. Die Liebenswürdigkeit in Person. Er zeigt Haltung, fragt: »Möchten sie mein neuestes Bild sehen? Sagen Sie ganz offen, was Sie davon halten. Bleiben Sie doch auf einen Kaffee.«

Er spielt den guten Schwiegersohn.

Mama geht nach erfüllter Pflicht mit gesenktem Kopf nach Hause.

*

Wie hat sie wohl Papa die Neuigkeit beigebracht? Kam er spät nach Hause? Hatten sie das Licht im Schlafzimmer gelöscht? Vielleicht saßen sie sich beim Abendessen gegenüber. Zwischen zwei Bissen hat sie ihm die Schreckensnachricht überbracht: Jeanne ist schwanger.

Zweifellos hat sie ihre Worte mit Bedacht gewählt. Achille, wir müssen stark sein und lernen, uns vom gehässigen Gerede der Leute nicht beeindrucken zu lassen. Wir werden beten, nicht wahr, und die Dinge werden wieder in Ordnung kommen, denn sie kommen letztlich immer in Ordnung. Schau dir unseren André an, er ist trotz des Krieges, diesem Gemetzel, immer noch am Leben. Dank der Gnade Gottes wird er heimkehren. Dieser Amedeo hat nichts Dämonisches. Er ist sehr höflich und sieht außerdem gut aus. Er hat gute Manieren und spricht ein gehobenes Französisch. Zwar verdient er nichts, scheint jedoch ein gewisses Talent zu haben. Jeanne versichert mir, dass er eines Tages reich werden wird. Sie liebt ihn. Dagegen ist nicht viel zu machen.

Aber dieser Mann hat uns unsere Tochter weggenommen, gibt Papa zu bedenken. Das ist Kidnapping. Entführung! Sie ist nicht volljährig, er ist fünfunddreißig Jahre alt und wegen zweier freundlicher Sätze, eines kleinen Kaffees, wegen ein paar Gaunertricks, wie sich noch herausstellen wird, und die ihn nichts kosten, erteilst du ihm die Absolution.

Früher war Mama in seinen Augen strenger gewesen. Sie schien resigniert.

Wir werden eine gütliche Einigung finden, hat sie eingeworfen. Er wird sie schließlich heiraten und wir werden am Altar von unserer Schande rein gewaschen werden.

Hatte sie ihre Prinzipien aufgegeben, die moralischen Grundsätze, die ihr Leben bisher immer bestimmten? Hatte dieser Typ die Mutter genauso wie die Tochter in seinen Bann gezogen? Er ist Jude, Eudoxie! Hast du mir das nicht gerade gesagt? Jude! Also hör auf zu träumen. Es gibt keine Aussicht auf Erlösung …

Sie bleiben beide unversöhnlich in ihrem Zorn.

*

Die Nachricht von meiner Schwangerschaft geht im Tumult des Krieges unter.

Kanonendonner und Stahlgewitter prasseln wie ein Trommelfeuer auf Paris nieder.

Châtillon wird von Granaten getroffen. Niemand weiß, von wo sie abgefeuert wurden. Militärflugzeuge durchpflügen den Himmel mit beunruhigendem Getöse. Sind es französische oder deutsche?

Jetzt ist es so weit. Wir sind dem Beschuss, der mir bisher so weit entfernt schien, auf Gedeih und Verderb ausgeliefert. Mein Bruder kommt zähnefletschend auf uns zu, eine Kugel im Lauf des Gewehrs und mit hasserfülltem, versteinertem Gesicht.

Bei Einbruch der Dunkelheit ist die Stadt wie ausgestorben. Wir haben an unserer Glasfront die Verdunkelung angebracht und sie mit Brettern zugenagelt. Wir leben in völliger Finsternis. Im Atelier hängt ein strenger Geruch.

Als die Sirenen losheulen, trägt Amedeo mich in den Keller, wo unsere Nachbarn unter Gejammer Schutz suchen. Dicht aneinander gedrängt bleiben wir dort minutenlang, manchmal auch für mehrere Stunden.

Manchmal schaffen wir es nicht mehr bis in den Keller. Wir sitzen im Treppenhaus in der Falle, als ein Donnerschlag die Mauern erzittern lässt und sich Risse in der Wand bilden.

Am 11. April zerstört eine Granate die Entbindungsstation des Baudelocque-Krankenhauses in unserer Nachbarschaft. Der Kreißsaal ist verwüstet. Ein Feldlazarett wird am Carrefour Port-Royal eingerichtet. Man schiebt Tische und Stühle auf die Terrasse der Closerie des Lilas. Verwundete liegen auf Tragbahren unter Behelfszelten, bevor man sie woanders hinschleppt. Krankenwagen fahren den Boulevard du Montparnasse hinauf und hinunter.

Die Schlagzeilen des nächsten Tages berichten von sechs Toten und vierzehn Verletzten. Die Polizei hat die weniger als zwei Tage alten Babys nicht aufgelistet, deren kleine Körper die Detonation nicht überlebt haben.

Durch die Schwangerschaft bekomme ich die Ereignisse nur am Rande mit.

Stundenlang liege ich da, die Arme über dem Bauch verschränkt.

Ich schaue Amedeo beim Malen zu.

Er trinkt nicht mehr, er isst nicht mehr und vergisst sogar den Tabak, der auf dem niedrigen Tisch liegt. Die zahlreichen Aufzeichnungen in seinem Skizzenbuch würdigt er kaum eines Blickes. Er zerreißt eine Seite, heftet eine Skizze von irgendeinem Unbekannten an die Wand, dem er zufällig während seiner Streifzüge begegnet ist.

Es kommt vor, dass er manchmal mitten in der Nacht seine Palette gegen die Ablage der Staffelei schlägt.

»Keine Inspiration mehr.«

Er legt sich neben mich, dreht sich eine Zigarette, raucht zwei oder drei und schläft mitten im Satz ein.

Ich laufe im Atelier hin und her, in Schweigen versunken.

Nichts kann Amedeo aus seiner Erstarrung befreien.

*

Papa und Mama fordern mich auf, zu ihnen nach Galluis zu kommen.

»In deinem Zustand musst du dich in Sicherheit bringen. Wir werden für deinen Amedeo ein Hotelzimmer in Montfort-l'Amaury mieten. Von dort aus kann er dich mühelos besuchen. Du wirst ihm deine Pferde zeigen, den Wald. Es ist leichtsinnig, in Paris zu bleiben, zumal diese Grippe grassiert, deren Opfer innerhalb weniger Stunden dahingerafft werden. Keine einzige Zeitung hält es für notwendig, darüber zu berichten, Jeanne. Aber es ist sehr ernst.«

In der Rotonde sprechen die Gäste nur noch über diese Krankheit und ihre rasante Ausbreitung. Die Bombenangriffe machen ihnen weniger Angst als das Fieber, das ihre Angehörigen und Nachbarn heimsucht, eine Seuche, die unterschiedslos Bettlägerige, kerngesunde junge Leute, Soldaten auf Urlaub und Kinder trifft.

Die Leichenschauhäuser sind überfüllt mit verwesenden sterblichen Überresten, die tagelang nicht identifiziert werden.

Amedeo geht in stolzer Haltung auf und ab, mit strenger Miene unter seinem schwarzen Filzhut.

»Diese ständigen Gefahren. Der Tod lauert überall. Wir können nicht hierbleiben, eingeschlossen, ohne Licht wie die Ratten.«

Wir werden nicht nach Galluis fahren, das kommt für ihn nicht in Frage. Er möchte nicht wie ein Fremder ins Hotel abgeschoben werden.

Wir werden unseren Freunden folgen, die sich schon seit mehreren Wochen an der Côte d'Azur zwischen Cagnes und Nizza niedergelassen haben.

Soutine, Zborowski und seine Frau Hanka sowie Lunia, die sich ihnen angeschlossen hat. Leopold Survage, Anders und Allan Österlind, Amedeos ehemaliger Kunsthändler Paul Guillaume, Blaise Cendrars.

Kommt her, schreiben sie uns per Telegramm. *Wir erwarten euch an der Riviera.*

*

Aufbruch ins Exil.

Alle unsere Habseligkeiten passen in den kleinen Pappmaché-Koffer, mit dem Amedeo 1906 in Paris angekommen ist. Wir sind Habenichtse.

*

Papa hat die Fahrkarten erster Klasse bezahlt. Aber er ist nicht zum Bahnhof gekommen. Er möchte ein Zusammentreffen mit demjenigen vermeiden, den er »diesen Mann« oder »diesen Monsieur« nennt.

Unser gesamtes Bargeld, das Papa uns für die voraussichtlichen Ausgaben vor Ort mitgegeben hat, hat Amedeo ins Futter unserer Kleidung eingenäht.

Mama und ich teilen uns dasselbe Schlafwagenabteil.

Amedeo raucht im Gang, läuft durch den Zug, kommt mit Zeitungen und Süßigkeiten zurück, schenkt mir ein ledergebundenes Notizbuch, das er bei einem Händler gekauft hat, der auf der Suche nach Kundschaft durch die Wagons streift.

Wir essen zu dritt im Speisewagen zu Abend. Amedeo überschlägt sich vor Höflichkeit und schenkt Mama sein charmantes Lächeln. Er probiert den Wein, lässt ein Gericht zurückgehen, wenn es zu kalt ist, und bestellt einen Korb Brot. »Hätten Sie noch gerne etwas Ziegenkäse?«

Ich habe ihn bisher noch nie so höflich erlebt. Er begleitet uns zurück und mit einem Kuss auf die Stirn wünscht er mir gute Nacht.

»Jetzt, wo du in Begleitung einer Anstandsdame bist, Jeannette, Schluss mit dem lüsternen Treiben. Ab ins Bettchen. *Sogni d'oro, amore.*«

Mama faltet eine Bettdecke auseinander und breitet sie über mich.

»Er ist nicht übel, dein Amédée. Aber er wird dich heiraten müssen.«

Ein cremefarbenes, an den Hüften gebauschtes Kleid, Papa an meinem Arm vor der Kirche von Galluis. Kein Schleier verhüllt mein Gesicht, denn seit Langem bin ich keine Jungfrau mehr, alle Welt weiß es. Mein zukünftiger Gatte mit Zylinder und Fliege. Eugenie Garsin ganz in Schwarz, denn sie trägt noch und für immer Trauer wegen ihres verstorbenen Mannes. Festlich gekleidete Damen, Dauerwelle, Hüte mit Schleier, gezwungenes Lächeln, eine Spur von Lippenstift auf ihren ebenmäßigen, gesunden Zähnen. All diese Blicke auf meinem noch kindlichen Gesicht einer ledigen Mutter, das Baby in der Wiege hinten im Pfarrhaus. Vor allem nicht während der Messe weinen, kleiner Mann. Schön brav sein.

So etwas war nie mein Traum.

Weder die Hauptperson einer solchen Zeremonie zu sein noch ein Kind zu haben.

Das gleichmäßige Rattern des Zuges wiegt mich in den Schlaf. Die in Großbuchstaben am Fensterrahmen zu lesenden Worte »Es ist verboten, sich hinauszulehnen« verschwimmen vor meinen Augen und verschwinden schließlich ganz.

Mitten in der Nacht erwache ich und stehe auf. Halt im offenen Gelände. Türenschlagen. Lichtkegel von Taschenlampen richten sich auf die Fenster mit zugezogenen Vorhängen. Soldaten mit Hunden entfernen sich entlang der Gleise. Langsam setzt sich der Zug wieder in Bewegung.

Ich werfe mir einen Poncho über das Nachthemd und schlüpfe in meine Hausschuhe.

Dann klopfe ich an die Tür von Amedeos Schlafabteil und schiebe sie auf.

Niemand da. Bett zerwühlt, Kopfkissen auf dem Boden. Der Inhalt seines Koffers auf dem Fußboden verstreut. Hastig aufgeräumte Zeitschriften.

Wo ist er?

Im Gang sehe ich nur eine Frau, die mir den Rücken zukehrt. Sie raucht, die Stirn an die Scheibe gelehnt, die Zigarette in einer ziselierten Zigarettenspitze aus Holz. Ich erkenne die kräftige Statur wieder. Sie hat mir den Schlaf geraubt, ich habe kein gutes Haar an ihr gelassen. Doch dieses Mal trifft mich nicht ihr Blick.

Sie drückt ihre Kippe aus, verstaut die Zigarettenspitze in der Innentasche einer Herrenjacke aus braunem Cordsamt, die sie über ihrer Spitzenbluse trägt.

Ich folge ihr durch die Waggons. Sie dreht sich nicht um trotz des Geräusches der zuschlagenden Türen, das ihr verrät, dass ich ihr dicht auf den Fersen bin. Elvira reist in der dritten Klasse.

*

Amedeo hat für Mama und mich mitten im Herzen von Nizza in der Rue Masséna eine Wohnung mit Balkon gemietet.

Unser Alltag verläuft nun ähnlich eintönig wie der meiner Eltern in der Rue Amyot. Der Haushalt, die Einkäufe, das Zubereiten der Mahlzeiten, die Messe um achtzehn Uhr in der Kathedrale Sainte-Réparate, Näharbeiten am Abend, ein bisschen Lektüre vor dem Schlafengehen.

Mama legt eine überbordende Vitalität an den Tag, während ich immer träger werde.

Amedeo kommt jeden Sonntag zum Mittagessen. Wir decken den Tisch unter dem Vordach und legen das Tafelsilber auf. Eine schwarze Katze schleckt unsere Essensreste auf.

Wir tauschen Banalitäten aus. »Schönes Wetter heute, nicht wahr, Signora? Waren Sie schon am Strand? Kümmern Sie sich gut um meine Holde, geben Sie ihr zu essen für zwei. Die frische Luft wird ihr guttun.«

Zu mir hinter vorgehaltener Hand: »Die Sonne, das grelle Licht machen mich fertig. Diese überladene Architektur. Überall Stuck. Ich kann hier nicht arbeiten, ein Übermaß an Aggressivität. Selbst in Livorno ist es angenehmer.«

Vier Landschaften hat er mit flüchtigem Pinselstrich hingeworfen. Gemähte Wiesen, Häuser mit Schießscharten, der Tod.

»In Paris regt das Leid meine Arbeit an. Das Unglück hinterlässt Spuren auf den Gesichtern ... Aber hier ... hier strotzen die Menschen vor Gesundheit, wie langweilig! Und dann verlangt Zborowski auch noch ohne Ende neue Bilder. Er versteht nichts von Künstlern, der Polacke.«

*

Mein Gesicht, Mamas Gesicht.

Die gleiche Art, mit den Fingerspitzen an dem Schönheitsfleck unter dem rechten Ohr herumzuspielen.

Übereinstimmend unser Schweigen. Der gleiche enttäuschte Zug um den Mund.

Spaziergang am Strand mit Amedeo.

Mama lässt uns niemals allein. Unter diesen Umständen sind keine starken Gefühle möglich, allenfalls eine etwas aufgesetzte, wohlanständige Zärtlichkeit.

Wir haben uns gemeinsam als Paar auf einer Bank mit Blick aufs Meer flüchtig skizziert. Im Vordergrund unsere ineinander fließenden Silhouetten. Hinter uns ein Kiefernwäldchen.

Wir sehen aus wie ein richtiges, kleines Ehepaar.

*

In der Dämmerung verabschiedet sich Amedeo, küsst Mamas Hand und macht große Versprechungen: »Ich werde euch besuchen kommen, Geld schicken. Ich werde Ihre Tochter heiraten, machen Sie sich keine Sorgen. Ich wollte niemals heiraten. Aber sie ist etwas Besonderes. Ich weiß, was sich gehört, Signora! Sie können auf mich zählen. Ich werde Ihre Familie glücklich machen.«

Er schlägt die Tür zu. Ich höre ihn die Treppe hinunterrennen. Die Haustür fällt leise ins Schloss.

Wohin entfernt er sich eiligen Schrittes?

Bei jedem seiner Besuche bemühe ich mich, meine Eifersucht zu unterdrücken. Lebt er mit Elvira zusammen? Nimmt er sie auf seine Streifzüge mit, zu den Festen bei den Survages in Golfe-Juan, in die Strohhütten an den Stränden von Antibes? Baden sie nackt in einer der roten Buchten von Saint-Raphael? Hat sie ihm Marseille gezeigt, das Haus im Viertel Belle de Mai, wo sie inmitten von

Prostituierten aufgewachsen ist? Hat er sie zum Grab ihrer Mutter auf dem Friedhof Vaudrans begleitet? Sie sagt zu ihm, ich bin eine Waise, das erlaubt mir, frei zu sein. Ich bin frei wie ein Vogel, mein Schatz. Unablässig wiederholt sie das und droht, aus seinem Leben und seinem Bett zu verschwinden, wenn er zu sehr den Vornehmen spielt.

*

Amedeo reist herum. Jede Woche bekomme ich Post von ihm. Aus Saint-Paul-de-Vence eine Ansichtskarte:

Bonjouir, Ungeheuer!

Auf der Rückseite einer mit Kohlestift gezeichneten trockenen Heidelandschaft:

Heute Renoir getroffen. Nicht die Zähne auseinander gekriegt. Wir sind uneinig, was das Malen von Hintern angeht. Ich mag Hintern nicht malen. Er hat von nichts anderem gesprochen, der alte Satyr.

Eine aus Cagnes:

Habe Zborowski um Geld für dich und deine Mutter gebeten.

*

Ich tue nichts.

Ich bleibe im Bett liegen oder sitze in einem Schaukelstuhl aus Rohrgeflecht. Ich schaukle und stoße mich dabei kaum spürbar mit den Zehenspitzen von den kühlen Fliesen ab.

Ich warte.

Wieder ein Brief, diesmal länger:

Die äußeren Gegebenheiten, ihre Veränderung im Wechsel der Jahreszeiten. Das lässt mich auf einen Wechsel von

Rhythmus und Atmosphäre hoffen, das strahlende Blau und die gleißende Sonne inspirieren mich nicht. Ich lasse den Dingen freien Lauf, zu wachsen und sich zu entfalten. Zurzeit lasse ich mich treiben. Schöpferisches Nichtstun, die einzig wahre Art von Arbeit.

*

Lunia Czechowska besucht mich jede Woche.

Sie nimmt den Zug von Golfe-Juan und steigt in Nizza-Mitte aus.

Dort warte ich am Bahnsteig auf sie. Ihre schmal gewordene Gestalt erscheint auf dem Trittbrett. Ich hake mich bei ihr unter und wir entschweben im Schatten der Arkaden zur Rue Masséna.

Ihr weißes Kleid, das in der Taille von einem Ledergürtel zusammengehalten wird, verströmt den süßlichen Duft des Amaryllis-Straußes, den sie jedes Mal mitbringt.

»Hier kann ich nichts essen. Die Hitze verschlägt mir den Appetit.«

Mit diesem durchsichtigen Teint, den grauen, traurigen Augen und dem geflochtenen Haarkranz sieht sie so ganz anders aus als die strahlende Frau, die Amedeo vor einigen Jahren gemalt hat. Jetzt wirkt sie wie ein Schatten ihrer selbst.

»Ich habe keine Nachricht von meinem Mann. Meine Briefe an das Kriegsministerium in der Rue Saint-Dominique oder an das Militärhospital Val-de-Grâce gehen wohl verloren oder kommen ungestempelt zurück. Er wird irgendwo an der Grenze im Norden vermisst. Vielleicht ist er gefallen oder er hat eine andere Frau kennengelernt. Mir macht nichts mehr Freude. Weder die Feste bei den Survages noch die üppigen Abendessen bei den Österlinds. Ich werde nie Kinder haben und wie eine alte Jungfer sterben.«

Fragen kommen wieder hoch. Elvira, Amedeo. Was macht er? Wen trifft er? Wie geht es ihm? Spricht er hin und wieder von mir? Und sie? Geht er liebevoll mit ihr um, wie mit einer Verlobten oder Ehefrau?

»Er schläft bei den Österlinds in Cagnes ohne sie. Sie haben ihm das schönste Zimmer mit weiß getünchten Wänden überlassen. Er verbringt seine Abende mit reichlich Alkohol, macht sich einen Spaß daraus, möglichst weit zu spucken und der Flugbahn nachzuschauen. So steht es um ihn. Er kommt und geht. Sein Zustand verschlechtert sich ... Man sollte nicht zu viel von den Männern erwarten. Ich werde dir helfen, mach dir keine Sorgen. Ich werde dich mit deinem Baby nicht allein lassen.«

*

Rosafarbenes Licht dringt durch die Lamellen der Fensterläden. Schon am frühen Morgen brennt die Sonne von einem wolkenlosen Himmel auf die rötlich schimmernden Fassaden von Nizza.

Ich sehe mich halb nackt und schön in einem kurzen Spitzennachthemd, das meine Taille umspielt, verführerisch und im Einklang mit meinem runder gewordenen Körper, wie eine von diesen Frauen mit verklärtem Gesichtsausdruck, die voll in ihrer Mutterschaft aufgehen.

Ich zeichne mich als glückliche Schwangere, obwohl mich die Sorge um die Zukunft dieses Babys nicht loslässt, mich sogar jede Nacht verfolgt.

Seit einigen Tagen bewegt es sich. Kleine Beulen, dann Stöße. Es sagt mir: »Ich bin da.« Dieser fremde Körper.

Ich und doch nicht ich. Dieses andere Wesen in mir, direkt unter der Haut.

*

Heute Morgen habe ich im Café eine Frau mit Glockenhut gemalt, die eine violette Ledertasche in den Händen hielt. Eine gut gekleidete, selbstsichere Bürgerin.

Sie starrte auf meinen Bauch, als ob sie einen Skandal witterte. »Sind Sie verheiratet? Ist es bald so weit?«

Ich habe mich hinter dem Bild auf der Staffelei versteckt.

»Sie sehen noch so jung aus. Sie werden erleben, es ist das wahre Glück.«

Ich habe mich mit den Farben beschäftigt, gelb, grün und blau.

»Frauen sind dazu bestimmt, Mutter zu sein. Das ist das einzig Wahre, glauben Sie mir. Ich habe sechs Kinder bekommen, alle gesund und munter.«

Ich habe mich gründlich mit einem geometrischen Stil, Richtung Art déco befasst.

»Meine Kinder sind inzwischen erwachsen und, stellen Sie sich vor, ich bin sogar Großmutter. Das ist wahres Glück.«

Sie wollte nicht, dass ich ihr das Bild schenke.

»Was soll ich damit? Man erkennt mich ja gar nicht darauf!«

Dann ist sie gegangen.

Ich möchte mich von Modiglianis Einfluss befreien. Ja, mich befreien, den Mut haben, nicht mehr seine sanfte Linienführung und seine warmen Farbtöne nachzuahmen, meinen eigenen Weg finden, nicht mehr mit »JH« signieren, sondern voller Stolz mit Hébuterne, und meine Bilder einem der zahllosen Kunsthändler aus der Umgebung von Nizza zeigen. Warum nicht?

Ich heiße Jeanne Hébuterne. Das ist mein Werk. Kommen wir ins Geschäft?

*

Ein Brief aus Sanary:

Letzten Sonntag, nach unserem gemeinsamen Mittagessen, hat man mir meine Brieftasche mit 600 Francs gestohlen. Ich weiß nicht, ob auf der Promenade des Anglais, in der Bar des Negresco, im Stadtzentrum oder am Bahnhof. Es scheint eine Besonderheit von Nizza zu sein. Um wieder zu Geld zu kommen, habe ich mich in die Spielbank begeben, aber es konnte kaum schlimmer kommen. Dort habe ich auch noch meine Uhr und die Goldkette eingebüßt. Ich habe nichts mehr.

Wegen meiner Ausweispapiere bin ich in besonderen Schwierigkeiten, Jeannette. Verschwunden mit meinem ganzen Geld. Zborowski versichert mir, dass es endloser Bemühungen bedarf, um neue zu erhalten, und dass es klüger wäre, bis zum Ende des Krieges zu warten. Die Nachrichtenwege seien dann zuverlässiger. Offiziell bin ich jetzt staatenlos … AM.

Ohne Ausweispapiere wird Amedeo mich nicht heiraten können.

Er wird auch die Vaterschaft nicht anerkennen können.

*

In den ersten Julitagen herrscht eine Gluthitze. Jeden

Morgen gehe ich sehr früh schwimmen, ein weiter Leinenumhang verhüllt meinen Körper.

*

Nach zwei Tagen Fahrt von unserem Barackenlager in Meaux hat mich ein Konvoi in Mâcon abgesetzt. Der Nachtzug aus Paris hielt für meine geschundenen Knochen an. Einen Soldaten, die Kappe fest auf dem Schädel, den Tornister auf dem Rücken. Alle nehmen Haltung an, sogar der Eisenbahner. Für die, die nicht kämpfen, sind wir Halbgötter. Stell Dir vor! Ich könnte Dir Einzelheiten erzählen, Du würdest mir nicht glauben. Die Dummheit der Führungsstäbe, die trockenen Brotkanten, die wir uns zu fünf, sechs Soldaten teilen, und die Angst, Jeanne. Ich könnte Dir die Angst beschreiben, die tierischen Schreie in der Stille nach der Schlacht. Du dächtest, ich übertreibe und lüge, um Dein Mitleid zu erregen.

Ich weiß noch nicht einmal, ob es eines Tages möglich sein wird, wieder leben zu lernen, weniger strammstehen zu müssen nach diesem Leben im Dreck.

Oh! Wir werden siegen. Ich weiß nicht wann, aber wir werden siegen. Das ist der einzige Gedanke, der mich durchhalten lässt, der einzige, der mich davon abhält, mich selbst zu verstümmeln oder mir eine Kugel zu verpassen. Es ist nicht die Angst vor dem Erschießungskommando, sondern die Gewissheit, dass wir siegen werden. Es wäre dumm, unter den Kugeln der Kameraden zu enden. Nur noch einige Monate, Dédé! Du bist kein Todgeweihter!

Ich habe all diese Kilometer auf mich genommen, um Dich fest an mich zu drücken. Ich möchte Dich sehen, mit Dir sprechen, Jeanne, doch Du bist nicht da. Mama hat Dir mein Kommen am Morgen selbst angekündigt (obwohl ich sie gebeten hatte, Dir nichts zu sagen, hat sie es nicht lassen können) und Du hast Dich aus dem Staub gemacht.

Du bist vor mir geflohen.

Was ist in meinem Blick, das Du nicht sehen willst? Mein Urteil?

Er verurteilt Dich, Jeanne: Gefängnis ohne Bewährung. Und vor allem verurteilt er diesen 15 Jahre älteren Mann, der Dich zur ledigen Mutter macht und für Generationen Schande über uns bringt, bis die Hébuternes dem Vergessen anheim fallen. Dazu wird es bald kommen: Unser Name lebt nur in unseren Nachkommen weiter …

Für ihn: das Schafott!

Ich verurteile auch das vollkommene Versagen von Mama und Papa. Warum haben sie Dich nicht zu Hause eingesperrt? Und Mama, die Dich nach Nizza begleitet und verhätschelt wie einen jungen Hund. Ausgerechnet Mama, die so prinzipienfest war, so viel Wert auf gute Erziehung legt, ist nicht wiederzuerkennen. Sie scheint Deine Wahl gutzuheißen und den Mann, den sie salbungsvoll Amédée nennt, zu schätzen.

Mehr habe ich Dir nicht zu sagen.

Ich habe einen Milchkaffee in der kleinen Bar in der Rue Masséna getrunken, Mama in die Arme genommen und bin wieder abgereist.

Meine Gebete können Dir nicht mehr helfen. Du bist verloren, ist Dir das klar? Ja, Du weißt es. Weitblick ist eigentlich einer Deiner Vorzüge, auch wenn Du in Liebesdingen den Eindruck machst, im Dunkeln zu tappen.

Alles Gute für die Niederkunft,

André

Postskriptum: Stell Dir vor, ich kenne Deinen Amedeo. Nicht persönlich, natürlich. Zweimal habe ich Werke von ihm in einer Ausstellung gesehen. Das erste Mal 1910 im Salon des Indépendants. Zwei Porträts inmitten der Bilder von Delaunay, van Dongen und Matisse. Malereien, die von Blautönen beherrscht sind, was mir nicht vollkommen missfallen hat, aber diese unübersehbarere Anleihe bei Cézanne (und Gott weiß, dass ich Cézanne nicht mag!) fand ich zu unausgegoren. Das nächste Mal zwei Jahre später auf dem Pariser Herbstsalon. Er stellte eine dekorative Ansammlung von sakralen Statuetten, Masken und Mondgesichtern in geometrischen Formen aus, wie es damals anfing, Mode zu werden. Man würde sagen: Götzenbilder.

Zum Kotzen!

Und darunter das Datum, wie stets ausgeschrieben: *Dreizehnter Juli Neunzehnhunderachtzehn*

Die Papierschnipsel liegen verstreut zwischen den Kieselsteinen der Plage du Lido.

*

Je mehr ich zunehme, desto seltener werden Amedeos Besuche.

Traurige Wochen vergehen ohne ihn.

Weder eine Ansichtskarte noch eine kleine Notiz, absolute Funkstille.

Mama deckt Sonntags nicht mehr für ihn mit.

Die schwarze Katze, die immer unsere Essensreste weggeschleckt hat, ist verschwunden.

Ohne Amedeo bin ich eine leere Hülle.

*

Anfang Oktober schickt er mir ein Foto.

Ein zerknitterter Abzug mit beschädigten Rändern.

In gebeugter Haltung steht er im Garten der Österlinds in Cagnes-sur-Mer und hält sich an der Rücklehne eines Stuhls fest. Er sieht abgezehrt aus und hat dunkle Ränder unter den Augen.

Bonjouir, Ungeheuer!

Das Gesicht meines Liebsten hat wieder das furchterregende Aussehen eines Wolfes angenommen.

*

Die Zeitungen feiern den Waffenstillstand.

L'Intransigeant titelt: »Alle unsere Bedingungen wurden akzeptiert.«

Die Glocken von Sainte-Réparate läuten in voller Lautstärke. Pauken und Trompetenklänge ertönen, Böller krachen und die Rue Masséna erwacht aus ihrer Erstarrung.

Die Bewohner Nizzas marschieren unter der Trikolore vorbei. An jeder Straßenecke wird die Marseillaise gespielt.

Drehorgeln erklingen auf der Promenade des Anglais.

Die Leute tanzen Tango, Walzer, Flamenco und noch einen Tango. Ein Tänzer hält seine Partnerin dabei dicht an sich gedrückt im Arm und führt sie, während sie den Kopf lachend in den Nacken wirft. Die umstehenden Leute klatschen Beifall.

Kinder schlecken Erdbeer-Vanille-Eis.

Mich berührt das Ganze überhaupt nicht.

Krieg oder kein Krieg. Die für Frankreich Gefallenen. Die sterblichen Überreste der aus den Schützengräben geborgenen Helden. Die Vermissten. Das zu neuem Leben erwachte Vaterland. Nichts zu machen. Mich beschäftigt nichts anderes als der Gedanke, mich von dem Gewicht zu befreien, das mich in jeder meiner Bewegungen einschränkt, diese unerhörte Last loszuwerden.

29. November 1918

Mama bleibt in meiner Nähe und wartet mit mir auf das Kind.

Die Geburtsschmerzen ziehen sich schon mehrere Tage hin.

Heftige Wehen wie Messerstiche zerreißen meinen Bauch.

Mama bringt mir heiße Tücher und schläft in ihrem schwarzen Samtkleid auf dem Boden zu meinen Füßen.

Sie wäscht sich nicht mehr.

Ich hätte gerne die Kraft, ihr zu sagen, Mama, du riechst nicht gut, nimm dir etwas Zeit für deine Pflege, aber ich möchte nicht, dass sie mich allein lässt. Keine Minute, nicht eine Sekunde möchte ich allein bleiben.

Sie betet und jammert, eine Tochter geboren zu haben. Ein Sohn hätte diese Tortur nicht erleben müssen. Aber schon immer war es so, dass ein Sohn in den Krieg zieht und kämpfen muss. Alle inständigen Bitten haben vielleicht genützt, weil diese Hölle vorbei, der Waffenstillstand unterzeichnet und ihr André wohlauf ist. In einigen Tagen wird er in die Rue Amyot zurückgekehrt sein.

Was nützt mir das schon.

Beten wir lieber weiter für einen guten Verlauf der Geburt. Vater unser, der du bist im Himmel, geheiligt werde dein Name, dein Reich komme …

Aus tief liegenden Augenhöhlen werde ich beobachtet.

Luder, stirb für deine Sünde.

Soutine und Amedeo malen mit großen, rötlichen Farbklecksen meine Eingeweide, die auf einem Holztisch liegen.

Ein Schmerz, den diejenige erleidet, der der Bauch aufgeschlitzt wird.

Ich weiß nicht mehr, wer ich bin, welche Stellung ich einnehmen soll. Aufrecht, liegend oder kauernd. Mein Körper zieht sich unter Krämpfen zusammen.

Er krümmt und windet sich.

»Keine Angst«, beruhigt mich die Hebamme. »Atmen Sie tief durch.«

Ich schaue dem Tod ins Angesicht.

Du bist gebenedeit unter den Frauen, und gebenedeit ist die Frucht deines Leibes.

Zitternd und von Krämpfen geschüttelt schreie ich nach Mama. Meine Fingernägel graben sich in ihre Haut.

Die Hebamme spricht mir Mut zu: »Ich sehe schon den Kopf, pressen Sie kräftig. Los! Jetzt habe ich auch die Schultern.«

Es bahnt sich einen Weg aus mir heraus und verursacht einen Dammriss, ehe sich meine Muskeln entspannen können.

Man wickelt es in weiße Windeln, die mit einer Sicherheitsnadel befestigt werden, und legt es mir auf die Brust.

Mein Blut trocknet in Ingres-roten Fäden auf seiner weißlichen Haut.

*

Ich brauche mehrere Tage, um einen Vornamen zu finden.

Nichts fällt mir ein.

Keinerlei Idee.

*

Der Personenstand des Neugeborenen wird mit *Vater unbekannt* eingetragen.

Die Schande erscheint in fetten Lettern auf der Geburtsurkunde, die Mama auf dem Rathaus in Nizza erhalten hat.

Vater unbekannt.

»Man muss verheiratet sein, um ein Familienstammbuch zu bekommen«, erklärt der Standesbeamte.

Mama senkt beim Weggehen den Kopf unter ihrem Trauerschleier.

Amedeo wird per Telegramm benachrichtigt.

Er antwortet:

Es ist zwar kein Junge. Aber ich werde es trotzdem lieben.

Die kleine Jeanne ist geboren.

*

Keine Anzeige.

Keine Taufe. Die Tür zum Reich Gottes verschlossen.

Mama hat noch nicht einmal dem Pfarrer von der Geburt erzählt.

*

Ich habe auf Amedeos Besuch Tage und Wochen bis Weihnachten gewartet.

Zborowski hat mir geschrieben, dass Amedeo zur Beerdigung von Guillaume Apollinaire nach Paris zurückgekehrt ist.

Unser Nationaldichter ist zwei Tage vor Kriegsende an der Spanischen Grippe gestorben. Er ist den Schlachtfeldern entkommen, aber nicht dieser Schweinerei. Es hat ihn in wenigen Stunden dahingerafft. Große Trauer.

Amedeo wird zurückkommen. Er möchte seine Tochter sehen.

Ich nutze die Gelegenheit, Dich zu beglückwünschen, Jeannette. Hanka schließt sich an und natürlich auch die ganze Bande der Nachtschwärmer.

In Freundschaft
Leopold Zborowski

Postskriptum von Lunia: Der Ruhm deckt mit seinen blutigen Flügeln die Schlachtfelder zu und Du schenkst Leben. Mazel tov!

Postskriptum von Chaim Soutine: Modi hat Elvira abserviert. Vergiss dieses schwatzhafte Weib. Dir dagegen hat er ein Kind gemacht.

*

Ich bin die große Jeanne.

Sie ist die kleine Jeanne.

Außer dem Vornamen verbindet uns nichts. Kein Blickwechsel, nicht einmal so etwas wie Liebe, schon gar nicht das, was man »Mutterinstinkt« nennt.

Lunia wiegt sie in den Armen. Sie weiß, wie man sie anfasst, kennt auch die richtigen Worte: »Lalelu, meine Hübsche.« Sie hat ein Mützchen gestrickt und den Vornamen in rosa Buchstaben auf die Windeln gestickt.

Nimm du sie, du wünschst dir doch so sehr ein Kind. Ich schenke sie dir, damit du nicht als alte Jungfer stirbst.

Ich wollte kein Kind.

Ich wollte mit Haut und Haar nur für Amedeo da sein.

*

Ich schaue auf die Rue Masséna hinunter.

Mir wird schwindelig.

Schwankend halte ich mich an der Sessellehne fest.

Vor der Geburt machten mir offene Fenster keine Angst.

In der Wohnung ertönt Tag und Nacht lautes, ständig anwachsendes Geschrei.

Mama kommt nicht besser zurecht als ich. Sie vergisst eine Sicherheitsnadel im Bettzeug der Wiege; sie lässt den Kinderwagen los und erwischt ihn gerade noch rechtzeitig, bevor er sich unter einer Kutsche verkeilt. Beim Baden entgleitet ihr der Säugling und taucht im seifigen Wasser unter.

Mama, der es sonst so leicht von der Hand ging, täglich die Wohnung bis in den hintersten Winkel zu putzen, stellt sich an wie eine Frau ohne jede Erfahrung, als ob sie niemals Kinder gehabt hätte.

Ich selbst weiß nicht, wie man ein Baby in den Schlaf wiegt, habe keinen blassen Schimmer von so etwas.

Ich kann Cézanne nachmachen, mich in den Stil von Amedeo Modigliani, von Henri Rousseau oder Rembrandt hineinfühlen. Ich kann alles malen, *Mona Lisa*, die staubtrockenen Landschaften des Midi, eine gestrenge alte Dame, Früchte, die in einer Obstschale verfaulen, rosafarbene Häuser mit geschlossenen Fensterläden, eine große Zahl angeheiterter Russen auf der Promenade des Anglais – außer diesem undankbaren, schreienden, kleinen Wesen unter seiner Bettdecke mit den leeren Augen einer Blinden. Selbst wenn ich in meinem Notizbuch meine Gefühle zu umschreiben versuche, fehlen mir die Worte.

*

Die melodische Stimme von Amedeo in der Eingangstür: »*Sono venuto.*«

Morgen ist Weihnachten.

Dunkle Barstoppeln bedecken Kinn und Wangen, seine Gesichtsfarbe geht ins Grünliche. Er lächelt gezwungen, nimmt mich in die Arme und beugt sich summend über den Babykorb.

Alles klingt unecht.

Auf die Plakette eines goldenen Armbandes hat er den Vornamen und auf der Rückseite das Geburtsdatum des Babys eingravieren lassen:

Jeanne, 29. November 1918

Ein pfeifendes Geräusch begleitet jedes seiner Worte. Seine Bronchien rasseln und füllen sich mit zähem Schleim, den er immer wieder in ein blutgetränktes Taschentuch spuckt.

Er faltet einen Brief seiner Mutter auseinander, um ihn mir vorzulesen. »Mein liebster Dedo ... Wenn es Telepathie wirklich gibt, dann wirst Du mich ganz nah bei Dir und den Deinen fühlen ...«

Seine Stimme versagt.

Er geht wieder, kurzatmig, auf einen Stock gestützt, den er aus Olivenholz geschnitzt hat.

*

Ich betrachte mich ganz genau im Spiegel.

Meine Gesichtszüge sind gealtert, gezeichnet von ständiger Übermüdung. Meine Lippen ausgetrocknet. Diese ungewohnte Magerkeit, obwohl ich jede Nacht aufstehe und Fleisch mit Sauce, Brot und Nudeln, Trockenfrüchte und Windbeutel esse.

Ich werde immer weniger.

Ich sehe ausgemergelt aus. Von meinem rundlichen Kindergesicht gibt es nicht mehr die leiseste Spur.

Erst der eine, dann der andere Zopf.

Mit einem kurzen, klappernden Geräusch der Schere schneide ich meine Haare ab. Sie bedecken nun nur noch knapp meine Ohren.

Mit dieser Frisur sehe ich wie ein richtiger Junge aus, der auf Bäume klettert, Kirschen von den höchsten Ästen aus Nachbars Garten stibitzt, Ball spielt, sich mit den Dorfjungen prügelt, im Wald von Galluis auf Wildschweinjagd geht, sich freiwillig zum Kriegsdienst meldet, mit einem Kampfgeist wie ein Ritter ohne Furcht und Tadel.

All diese Dinge hat mein Bruder gemacht.

Ich dagegen war schön brav, gefangen in meinen Träumen. Ich malte triste Landschaften, so wie er es mir beigebracht hatte, und wartete darauf, dass er sie begutachtet und mich dafür lobt.

Ich wickele meine Zöpfe in Seidenpapier, einen für André, den anderen für Amedeo und füge an jeden folgende flüchtig hingeworfenen Worte hinzu:

Hier ruht die leuchtend rote Haarpracht der ehemaligen Mademoiselle.

1919

Ich bin nicht in der Lage, mich um das Kind zu kümmern.

Seit wir aus Nizza zurück sind, weigert sich Mama, es in der Rue Amyot zu betreuen.

Papa möchte nichts davon wissen.

Eudoxie ließ nicht locker, hat ihm das pausbäckige Gesicht und das engelsgleiche Lächeln beschrieben. Ein »Geschenk des Himmels«. Blond, wohlgenährt, lange Wimpern, ein kleiner, zahnloser Mund.

»Nehmen wir sie doch bei uns auf, Achille. Wir können sie nicht diesen unwürdigen Verhältnissen aussetzen ... Wanzen im Bettzeug, Schimmel überall, alles ist feucht und schmuddelig. Wir können sie dort nicht lassen.«

Doch Papa hat den Kopf geschüttelt.

»Ich möchte nichts mit diesem Herrn zu tun haben. Was werden wir dann den Nachbarn sagen? Wie es dem Pfarrer erklären? Wie uns rechtfertigen?«

»Ist das denn jetzt so wichtig?«

»Kein uneheliches Kind bei den Hébuternes!«

*

André ist unversehrt nach Hause zurückgekehrt.

Mama beendet jeden Satz mit »Danke, gütiger Jesus«. Es ist nicht auszuhalten. Was weiß sie schon von den unsichtbareren Verletzungen, die der Krieg ihm zugefügt hat?

Meinem Bruder steht die Scham darüber ins Gesicht geschrieben, seine für Frankreich gefallenen Kameraden überlebt zu haben, und auch die Schmach, die über seine Familie gekommen ist, seit seine Schwester ein uneheliches Kind geboren hat.

Er bereitet mir Kummer, mein Bruder, mein Liebling.

In meinen Skizzen habe ich ihn kräftiger gemalt, mit kantigem Kinn, gestärkt durch körperlichen Einsatz und gutes Essen. Ich habe ihn so gemalt, wie ich ihn mir wünschte.

Aber er ist ausgezehrt. Seine Kleider schlottern um ihn herum. Er leidet unter nervösen Zuckungen. Manchmal schließt er die Augen und wiederholt wie ein Papagei mit der martialischen Stimme von Clemenceau am Tag seiner Amtseinführung: »Es hat Fehler gegeben. Denken wir nicht mehr daran, außer daran, sie wieder gutzumachen.« Unter höhnischem Lachen zitiert er: »Jedes Volk trägt seine kleine Fackel quer durch Europa und nun haben wir den Brand.« Er lacht schallend, schlägt sich auf den Bauch und ruft aus: »Jaurès, Verräter!«

Er schaukelt vor und zurück. »Ein Hungerleider, dieser kleine Jude ohne Talent!« Aus tief liegenden Augen starrt er mich an, ohne mich zu sehen. »Hungerleider, Drückeberger!«

Er murmelt unverständliche Sätze vor sich hin und schlägt dann mit der Faust auf den Tisch.

»Komm zurück nach Hause, Jeanne, und zwar sofort.«

Er malt nicht mehr, sitzt stundenlang kraftlos und untätig da. Die Toscanos bleiben unangetastet in ihrer Packung. Sein Zeigefinger schlägt den Takt der verrinnenden Zeit.

*

André lässt mir in die Rue de la Grande-Chaumière Nachrichten zukommen.

Einverstanden mit der Einstellung von Papa. Mama ist nicht mehr streng genug. Seit sie aus Nizza zurück ist, heißt es: Amédée hinten, Amédée vorne. Während unserer Mahlzeiten verteidigt sie ihn immer und meint, dass es zwecklos wäre, gegen eure Liebe anzukämpfen. Sie will nicht wahrhaben, dass Dein Itaker ein Straßenräuber ist.

Du bist eine ledige Mutter und Du wirst es bleiben. Dieser Typ wird Dich niemals heiraten, Jeanne. Er ist ein Salonlöwe, der häufig die Bordelle an der Place Pigalle besucht. Manchmal schläft er bei einer Dame in der Rue Daguerre. Stört es Dich nicht, im Elend zu leben, während er euer Geld bei leichten Mädchen, mit Alkohol und Fressgelagen auf den Kopf haut?

Hast Du mal daran gedacht, die Kleine in ein Waisenhaus zu geben? Dort ginge es ihr immer noch besser als bei Deiner Bande von Säufern.

Ich zerreiße die Briefe meines Bruders nicht mehr. Ich lasse sie da liegen, wo ich sie gelesen habe. Im Bücherregal neben Hölderlin. Als Lesezeichen in *Gegen den Strich* und *Die Schule der Empfindsamkeit*. Am Fuße meiner Staffelei. Auf der Ablage des Waschbeckens. Unter dem Kopfkissen.

Ich habe sie überall im Atelier herumliegen lassen.

Amedeo ignoriert sie.

*

Komm, gib doch zu, dass dich das alles belastet. Das Leben einer Mittellosen. Gib zu, dass Du leidest wie ein Hund, allein in eurer Kloake. Gib es zu! Komm zurück zu den Eltern, Schwester, komm zurück, reingewaschen von dieser Schande. Warum schickst Du das Baby nicht nach Livorno zur Familie Deines Malers?

Ich lasse das Kind für einige Tag in einer Kinderkrippe in Chaville. Amedeo holt es dort gegen meinen Willen wieder ab und bringt es zu uns zurück.

Ich gebe es in der Rue Joseph-Bara ab. Lunia beschäftigt sich mit Jeanne voller Zärtlichkeit, setzt sie auf den Teppich, gibt ihr eine Rassel zum Spielen und Zwieback zum Knabbern.

Sobald ich gehe, streckt die kleine Jeanne die Arme nach mir aus und will, dass ich bleibe. Sie stößt spitze Schreie aus, deren Lautstärke mich bis zur Rue Notre-Dame-des-Champs verfolgt.

Ich habe nichts Eiligeres zu tun, als mich meiner vorübergehenden Freiheit zuzuwenden.

Meine geliebte Freiheit. Allein durch die Alleen des Jardin du Luxembourg spazieren, um den Friedhof von Montparnasse herumlaufen, eine in der Rotonde sitzende Frau zeichnen, mit tief ins Gesicht gezogenem Hut eine Eisschokolade oder einen Americano bestellen, im Bett herumliegen, Gedichte von Lautréamont oder Mallarmé lesen, Amedeo in einem der kleinen Hotels in der Rue Sainte-Beuve treffen, dreimal kurz an die Tür des blauen Zimmers klopfen, ihn zu hören: »Ich habe dich erwartet, Zigeunerin«, uns wieder zu lieben und uns in einem Schrei der Verzückung zu umschlingen.

Manchmal vergesse ich die kleine Jeanne tagelang.

*

Lunia bringt mir das Kind in die Rue de la Grande-Chaumière.

Ich kenne weder Abzählreime noch Geschichten, die man Kindern zu erzählen pflegt.

Ich plappere, schlafe gleichzeitig mit ihr ein, unsere Atemzüge vermischen sich. Ich esse kleine Häppchen, mache beim Kauen eine Kuh nach, nenne sie »pummeliges Schwesterchen«, »Zuckerpüppchen«, Nana«, »Bibi« und spiele mit einem Ball. Ihr kleiner Körper streckt sich, robbt zu mir unter die Decke, dreht sich auf den Bauch und hebt den Kopf.

Ich lache und ich weine mit ihr.

Ich sehe, wie ihre Haare wachsen.

Eines Tages wird uns die kleine Jeanne Mama und Papa nennen. Mama, Papa. Für uns hat das nicht viel zu bedeuten.

*

Versuch einer Variation der sechs Gemälde der Dame mit dem Einhorn vor dunkelrotem Hintergrund. Bläuliche Pinselstriche, geometrischer Stil, einige Collagen auf Öl nach Art von Braque. Sechs Porträts ein und derselben Frau während des Krieges, die sich aus ihren Zwängen befreit: Familie, Religion, Ehe, Kinder, und sich aufmacht, ihre ureigensten Wünsche und Ziele zu verwirklichen. Sie wird endlich sein, was sie eigentlich ist: eine Künstlerin, frei von allen Trivialitäten.

Doch ich verzichte darauf.

*

Ich wäre lieber auf dem Feld der Ehre gefallen, als Deinem Niedergang zuzusehen.

Seit Monaten habe ich nicht mehr gemalt. Die kleine Jeanne raubt mir meine ganze Energie. Ihr Geplärre bringt mich an den Rand der Erschöpfung.

Haben wir uns noch etwas zu sagen? Was mich betrifft, nein. Nichts als Vorwürfe und das zermürbt mich. Ich fühle, dass es mir bald gleichgültig sein wird, wofür Du dich entscheidest. Dann ist Schluss mit uns.

Von meinen Wünschen und Zielen bleibt fast nichts mehr übrig. Ich begrabe meine Pläne.

Arme Jeanne … Und wenn ich dich holen käme, was würde er tun, Dein Schönling? Würde er mich daran hindern, dich mitzunehmen? Doch mit welchem Recht? Ich bin Dein Bruder! Er ist nichts!

Mir schwinden zusehends die Kräfte.

*

Ich würde gerne den Tod vertreiben.

Aber er ist da, ganz in der Nähe.

Er streicht um uns herum.

*

Amedeo stapelt seine Bilder in einer Ecke des Ateliers.

Leopold Zborowski schickt jeden Tag einen Gehilfen vorbei, der einige davon mit dem Handkarren abholt. Der Kunsthändler stellt sie in der Rue de Seine im Untergeschoss seiner Galerie aus.

Eine Tuschezeichnung auf Papier. Amedeo schmerzverzerrt, unproportioniert, kräftige Arme, mit ausgemergeltem Oberkörper wie ein Kokainsüchtiger.

Frauenporträts mit dickem Farbauftrag. Thora, Annie Bjarne. Elvira ganz in Schwarz, die sich mit den Ellbogen auf einem Tisch aufstützt.

Und überall bin ich: In den verschiedensten Aufmachungen, alleine oder mit Jeanne in den ausgestreckten Armen. Ich völlig plump, mit Doppelkinn, aufgeblähtem Bauch, Hängebacken, alten, fadenscheinigen Kleidern aus Jute.

Seit wir aus Nizza zurück sind, verunstaltet mich Amedeo auf seinen Bildern immer mehr.

*

Er ist nur noch ein Granitblock, an dem meine Traurigkeit zerschellt.

Meine Gesten, meine Worte, alles erscheint mir unangebracht.

Ich verbringe Stunden mit Nichtstun am Fenster oder im Bett.

Ich hasse meine Schwäche.

Ich fühle mich weder wohl mit dem Baby noch mit Amedeo. Ich fühle mich nicht wohl beim Malen noch irgendwo sonst.

Nicht draußen mitten in der Menschenmenge, in den Geschäften der Rue de Rennes, in den Cafés der Rue du Bac, noch drinnen. Weder hier in der Rue de la Grande-Chaumière und schon gar nicht bei meinen Eltern, wo André auf die geringste meiner Regungen achtet, auf jedes überflüssige Wort lauert und den geeigneten Moment abwartet, um mir an die Gurgel zu gehen.

Nicht einmal Lust zu schreiben habe ich. Meine Worte sind mir fremd.

Ich bin mir selbst fremd.

*

Sei einigen Tagen hindert mich morgendliche Übelkeit am Aufstehen. Allein der Anblick von Essen, der Geruch von Kaffee und kaltem Tabak ekelt mich.

Mein Innerstes ist von Neuem zutiefst aufgewühlt.

Unnötig, den Arzt an der Place de la Contrescarpe aufzusuchen. Er wird mir mit betrübter Mine die Neuigkeit verkünden. Er wird denken: ›Die arme kleine Hébuterne‹, während er die Tür hinter mir schließt.

»*Sono incinta.*«

Kein Champagner, kein Gefühlsausbruch.

Amedeo schreibt auf ein loses Blatt:

Heute, den 7. Juli 1919, verpflichte ich mich, Mademoiselle Jeanne Hébuterne zu heiraten, sobald meine Ausweispapiere eingetroffen sind.

Lunia Czechowska, Hausfrau, und Leopold Zborowski, Kunsthändler, bezeugen mit ihrer Unterschrift seinen Willen, unsere Verhältnisse zu legalisieren.

Ich falte das Papier zweimal, stecke es in einen Umschlag mit der Adresse meiner Eltern in der Rue Amyot.

Einige Tage später dieses Schreiben meines Bruders:

Und Du glaubst ihm? Sie ist nichts wert, diese Epistel, die Du uns wie eine Trophäe schickst. Wir haben sie einem Notar gezeigt und er bestätigt: Wertlos. Wie naiv, Jeannette!

*

Ich bringe die Perlenkette von Mama und das goldene Armband des Babys ins Pfandhaus in der Rue des Volontaires.

Ich habe eine Pflegemutter im Loiret gefunden, die bezahlt werden muss.

Der Kleinen wird es auf dem Land gut gehen. Besser als bei mir. Ich habe Lunia gebeten, sie dort hinzubringen. An der Gare d'Austerlitz habe ich ihr auf dem Bahnsteig den Koffer mit Plüschtieren und Kleidung anvertraut. Kein Abschied, kein Auf Wiedersehen. Die kleine Jeanne plappert und versucht, sich in ihrem Wagen aufzurichten. Sie sucht mich. Aber ich mache mich davon. Ich bin noch nicht erwachsen, bin noch ganz klein, keine Mutter, noch ganz klein mit dem unbezähmbaren, unstillbaren Verlangen nach meinem Mann.

Ich gehe den Boulevard Saint-Marcel hoch mit dem Gefühl, mein Unterleib sei in zwei Teile gerissen, vorbei an der Métrostation Gobelins, und meine Gedärme scheinen sich nach außen zu stülpen, weiter durch die Rue de la Glacière und die Rue Faubourg-Saint-Jacques, wie erstarrt vor Traurigkeit.

Aber am Boulevard du Montparnasse, Ecke Port Royal angekommen, atme ich tief durch. Endlich werde ich Zeit haben zu malen, endlich wieder allein sein mit Amedeo.

Niemals gab es Platz für jemand anderen.

*

Ein einziges winziges Bild habe ich nach Monaten mit großer Mühe zustande gebracht, wie ein Schriftsteller, der sich nach Tagen der Blockade zwei dürre Sätze abringt. Flüchtig hingeworfene Seiten, zerknüllt und in der Gewissheit weggeworfen, dass er nie mehr etwas Brauchbares schreiben wird. Kleine, dürftige Komposition, zu nichts nütze. Man klappt die Schreibmaschine zu, für immer.

Mein Gesicht im Dreiviertel-Profil, bloßer Nacken, Perlenkette, gefällige Hochfrisur, geschminkt, weiblich, in blaugrünen Farbtönen: Ich lasse das Selbstporträt für jeden, insbesondere aber für Amedeo, sichtbar auf der Staffelei stehen. Sieh her, Liebster, welche Fortschritte ich mache, bewundere meinen unverwechselbaren, eigenen Stil.

»Was ist das denn?«

Er zeigt auf meine Staffelei, verzieht verächtlich den Mund und schaut sich die noch feuchte Farbe genauer an.

»Du stellst dich also geschönt dar! Aber darum geht es nicht in der Kunst, meine Liebe, sich so hübsch zu zeigen. Es geht darum, das Innerste nach außen zu kehren.«

Ich stürze mich auf ihn.

»Du bist neidisch! Du erträgst es nicht, mit einer Künstlerin zu leben. Du duldest nicht die kleinste Andeutung eines Talents neben dir!«

Ich ziehe ihn an den Haaren.

»Vor deinen Freunden rühmst du meine Arbeit. Doch sobald ich einen schöpferischen Einfall habe, kannst du es nicht lassen, mich niederzumachen. Das ist einfach stärker als du!«

Ich trommle mit den Fäusten auf seine Brust.

»Anna und Beatrice damals … Die Gefahr, auch nur ein kleines bisschen in ihrem Schatten zu stehen, hat dich völlig verrückt gemacht … Alle Welt sagt es, alle Welt erzählt es. Du hast es nicht ertragen.«

Und ich spreche das Wort aus, das mir niemals zuvor über die Lippen gekommen ist: »Todgeweihter.«

Er bleibt ohne eine Regung stehen und spricht in aller Ruhe nur zwei Silben aus: »Furie.«

Ich sinke zu seinen Füßen nieder, den Kopf voller Scham in den Armen verborgen, und richte mich auf, um ihm entgegenzuschleudern: »Elvira ist die Furie. Nie habe ich etwas gegen Elvira gesagt. Nicht ein einziges Wort.«

»Elvira war immerhin frei.«

Niedergeschlagen vor Scham verstecke ich mich wieder, unfähig, mich zu bewegen.

Am frühen Morgen kommt er zu mir.

»Du bist eine Gefangene, Jeanne, Opfer der *sapienza*. Du hast versucht, deine Eltern und deinen Bruder zu verlassen. Doch du leidest zu sehr darunter. Wenn unser Zusammenleben so schwierig für dich ist, dann geh. Heirate einen Mann, der bereit ist, deine Kinder anzuerkennen und dich glücklich zu machen. Sonntags werdet ihr mit der Familie nach Galluis fahren. Nach der Messe zu Mittag essen, wie alle anständigen Leute. André wird deinem Ehemann zwischen zwei Happen Erdbeer-Nachtisch beipflichten: Jeanne ist dazu gemacht, Mutter zu sein. Sie ist seither so aufgeblüht. Sie wird später, wenn die Kinder erwachsen sind, wunderbare Bilder malen. Sie hat Zeit, sie ist noch so jung.«

Er trocknet meine Tränen mit der bloßen Hand. »Du wirst mir nicht nachtrauern, Nénette. Wenn du an uns zurückdenkst, wirst du dir sagen: Wenigstens habe ich einmal in meinem Leben wahre Leidenschaft kennengelernt. Das habe ich mir wenigstens zugestanden. Aber du wirst glücklich und zufrieden zu deiner Familie zurückkehren. Das tägliche Elend, das du dir mit mir auferlegst, wird dir nicht fehlen. Jedenfalls kann ich dir nichts anderes bieten.«

Ich versinke in Schweigen.

»Du sagst nichts. Nie sagst du etwas.«

Er wickelt meine Haare um seine Finger.

»Es wäre mir lieber gewesen, wenn du mir öfter ins Gesicht gesprungen wärst. Doch das wird nicht mehr vorkommen.«

Er zieht mir den Pullover aus und knöpft meine Bluse auf.

»Das wird nicht mehr vorkommen, weil du deine Dämonen unter einer undurchdringlichen Schutzschicht vergräbst. Du hast zu viel Angst, dich ihrem wahren Anblick zu stellen.«

Ich schwebe wie abwesend über unseren wild ineinander verschlungenen Körpern.

*

Alle Lust zu malen ist wieder verschwunden.

Amedeos Anwesenheit im Atelier lässt mich erstarren.

Seine Abwesenheit bereitet mir Qualen.

Ich empfinde Abscheu für ihn.

Tiefe Abscheu!

Ich streiche diese Worte durch.

Seit Monaten bin ich nicht mehr bei Mama und Papa gewesen. Weder Lust, André über den Weg zu laufen, noch sie um Geld oder Lebensmittel anzubetteln. Ich erleide lieber quälenden Hunger und finstere Einsamkeit.

In den Gärten des Observatoriums begegnete ich einer ihrer Nachbarinnen, die mich verstohlen mit spöttischem Blick von der Seite ansah.

Noch am selben Abend klopfte sie mit Süßigkeiten beladen in der fünften Etage an die Tür und begrüßte meine Eltern übertrieben freundlich. »Na, die Familie bekommt Zuwachs … Herzlichen Glückwunsch zum Baby.«

Mama dachte zuerst, unsere Nachbarin spräche von der kleinen Jeanne.

»Was für eine Vitalität! Das muss gefeiert werden, nicht wahr?«

Papa goss ihr einen Schluck Porto ein. Sie blieben vor dem Kamin stehen.

»Sie hat doch vor Kurzem ein Kind bekommen, nicht wahr, Eudoxie? Als ihr in Nizza wart? Und jetzt ein zweites so kurz danach …«

Mamas Gesichtszüge versteinerten. Papa machte kein einziges Mal den Mund auf. Schließlich ist die Nachbarin gegangen.

Daraufhin tauchte André aus seinem Zimmer auf.

»Na also, da haben wir's! Wie viele Bastarde wird sie uns noch bescheren? Seid ihr jetzt zufrieden?«

*

Die Bilder von Amedeo Modigliani werden in der Mansard Gallery in London ausgestellt.

»French Art, 1914–1919«, begeisterte Kritiken: »In seinen Bildern zeigt sich vor allem seine Handschrift als Maler. Bei plastischen Darstellungen kommt seine Haltung als Bildhauer und als Maler zur Geltung.«

Ein amerikanischer Sammler hat den liegenden Akt »Le Grand Nu« (eine Ode an seine Odaliske, an mich, als er mich noch als Schönheit darstellte) gekauft und nach New York schicken lassen. Der Sammler wird ihn im Wohnzimmer seines Penthouse mit Blick auf den Central Park aufhängen. Ein italienischer Meister, wird er sich seinen Freunden gegenüber brüsten und dabei an einem Glas Château Lafite nippen. Er wird die kühne Farbgebung, die freizügig dargestellten Formen des Modells und den neuen, niemals zuvor gesehenen Stil loben. Er wird sie auffordern, mit dem Kunsthändler Kontakt aufzunehmen und für Bilder dieses inspirierten Malers viel Geld auszugeben.

Dein Wert auf dem Kunstmarkt steigt, lieber Freund, schreibt ihm Leopold Zborowski in einem Telegramm. *Bald wirst du berühmt.*

Seither gibt er uns fünfhundert Francs im Monat.

Wir sind nicht mehr so arm. Vielleicht könnten wir wie Picasso oder Pascin eine große, bürgerliche Wohnung oder ein Häuschen mit Garten auftreiben, eine junge Frau, die sich zu Hause um die kleine Jeanne kümmert, und eine Haushälterin bezahlen, die mir bei der Erledigung der täglichen Aufgaben hilft, die mir so schwerfallen.

*

Weihnachten reinigt Amedeo alle seine Pinsel, säubert die Palette, schraubt die Tuben zu, ordnet sie nach Farbtönen, wirft die benutzten Lappen und die Kanister mit verschaltem Terpentin weg. Er klappt die Staffelei zusammen, lehnt sie gegen die Wand und legt sich ins Bett.

*

Er hat nicht mehr die Kraft, aufzustehen.

Aus seinen Augen setzt sich eine gelbliche Flüssigkeit ab.

Er hat hohes Fieber.

Er hustet, sinkt wieder kraftlos ins Kissen zurück und murmelt: »Mäuse laufen über die Wände, Ratten graben Gänge in die Decke … Alles wird zusammenstürzen und uns unter sich begraben.«

Ich halte noch immer durch. Jeden Morgen wasche ich den Körper, den ich so sehr geliebt habe, von Kopf bis Fuß. Ich fange unten an, fahre an den Oberschenkeln, zwischen den Beinen, seinem Geschlecht, den Lenden entlang bis zu den Achselhöhlen, in die ich mich zum Einschlafen kuschelte. Zum Schluss die Ohren und den Nacken mit den kleinen Härchen.

»Ich will keinen Arzt, keine Krankenschwester, ich will meine Tochter ein letztes Mal sehen. Ist das möglich? Kann ich meine Tochter ein letztes Mal sehen? Du riechst gut, *tesoro*. Der Tod liegt auf der Lauer im Schatten unseres Nachtlagers. Aber er hat uns noch nicht deinen Duft genommen.«

*

Er ist nicht zuverlässig, Dein Straßenräuber. Bei der ersten Gelegenheit lässt er dich im Stich. Und wie wirst Du zurechtkommen mit zwei Kindern am Hals? Mit welchem Geld wirst Du sie großziehen?

Ich weiß selbst nicht, warum mir das so viel ausmacht. Seit Kriegsende kann mich eigentlich nichts mehr erschüttern.

*

Frühmorgens mache ich mich auf den Weg zur Place de la Contrescarpe. Vor Beginn der Sprechstunde öffnet mir der Arzt die Tür.

»Was machst du hier so früh, Jeanne? Was ist los?«

Ich bitte ihn inständig um eine Spritze, die eine oder andere Dosis Morphium.

»Er wird sterben, Doktor. Er erstickt an seinem Schleim.

Er spuckt Blut, er schwitzt es aus. Blut ist im Urin. Die Laken sind getränkt von seinem Blut und Schweiß. Ich flehe Sie an.«

»Wovon sprichst du, Jeanne?«

»Amedeo … Der Vater … Mein Liebhaber. Bald mein Ehemann.« Ich deute auf meinen Bauch. »Der Vater … Bald mein Ehemann.«

Ich hoffe, ihn zu erweichen.

»Nein, Mademoiselle. Und selbst wenn ich darüber verfügte, dürfte ich es dir nicht einfach so geben. Man muss ihn ins Krankenhaus der Charité bringen.«

Wie ein Gespenst kehre ich in die Rue de la Grande-Chaumière zurück.

In einer Fleischerei in der Rue Saint-Jacques klappern die Metzgerhaken. Auf der Ladentheke liegt frisches Wild. Letzten Endes sind auch wir nichts anderes als Fleisch, das wir mit schönen Farben schmücken.

Ich gehe durch den Jardin du Luxembourg, irre unter dem Gewirr der Äste umher. Ich reibe den Handrücken an der gefrorenen Baumrinde und verletze meine opalfarbene Haut. Ich verspüre nicht einmal Schmerz.

Mahnende Stimmen beschimpfen mich.

Werden stärker, schwellen an.

Seid still, lasst mich in Ruhe!

»Ist er krepiert, dieser Schuft?«

Sie kommen näher.

Ein eisiger Schauder läuft mir über den Rücken.

»Ist er endlich krepiert, dieser Schuft?«

Nicht umdrehen, weitergehen, den Schritt beschleunigen, rennen. Vor dem Klang der mich verfolgenden Schritte fliehen, den sich auf den Baumstämmen abzeichnenden Gestalten, die mich anstarren, entkommen.

Die Kälte brennt wie Feuer in den Bronchien. Meine Knochen knacken. Die Schuhe knirschen auf dem Kies.

Ich falle hin, stehe wieder auf, verliere einen Schuh und hinke barfuß weiter.

Ich drehe mich um, als sich eine Hand auf meine Schulter legt.

André versperrt mir den Weg.

Du warst früher so sanft, Bruder. Das Vor und Zurück als Kinder auf dem Schaukelpferd. Meine Hände auf deinen Schultern, du schriest hü, hü und ich lachte.

»Du ekelst mich an, Jeanne.«

Der Krieg hat dich zu diesem Mann gemacht.

Er packt meine Haare mit festem Griff.

Das tut weh, lass los.

Er zieht weiter daran, ich gehe auf dem rauen Boden in die Knie.

»Du weißt, was er aus dir gemacht hat, der Jude?«

Du warst für mich mein König.

Sein säuerlicher Atem dringt mir in die Nase.

»Eine geschwängerte Hure.«

Er lässt mich los und verschwindet genauso schnell, wie er gekommen ist, und ich komme zu Fall.

Ich komme zu Fall.

1920

Amedeo verlässt das Bett nicht mehr.

Auf den letzten Bildern, die er gemalt hat, sind seine Modelle nur noch Schatten ihrer selbst, ohne Eigenleben, wie Marionetten. Früher unterhielt er sich mit ihnen, durchdrang ihre Seele, machte sich Notizen in seinem Skizzenbuch, bevor er mit dem Malen anfing. Innerhalb weniger Minuten verlieh er der Darstellung ihrer Körper Ausdruck und Anmut.

Davon ist nichts mehr zu sehen.

Ich male so besessen wie er früher.

Vier Bilder, wie in Trance, in weniger als zwei Tagen, ohne zu essen und zu schlafen, ausgeführt von einer Hand, die wie losgelöst von meinem Körper und meinem Geist keinem erkennbaren Gedanken Form verleiht.

Worte bedeuten mir nichts mehr.

Nur Farben sagen mir noch etwas. Die Wärme von Ocker und Rot-Orange, aufgehelltes Taupe. Amedeos Farben.

*

Hier ist mein Testament, Bruder.

Gerade mal vier Bilder.

(1) Stillleben

Das Wohnzimmer in der Rue Amyot. Mein Spiralblock liegt auf dem Tisch. Die schwarze Kaminplatte spiegelt sich in einer Glasflasche. Die unverändert friedliche Atomsphäre in der Wohnung, als ich mich in Amedeo Modigliani verliebte und alles um mich herum in Bewegung geriet.

All diese Jahre bin ich glücklich gewesen.

Ich habe die Liebe, die große Liebe kennengelernt, Gefühle, die die meisten Mädchen meines Alters aus Angst oder Wohlanständigkeit in ihrem tiefsten Inneren wie in eine doppelt verschlossene Truhe verbannen. Und niemals wagen sie es, den vergoldeten Deckel zu öffnen.

Eine solche junge Frau wirst du heiraten, André, eine in jeder Beziehung wohlerzogene junge Frau. Ich werde das nicht mehr miterleben.

(2) Mittagessen am Sonntag

In Nizza unter dem Vordach. Der gedeckte Tisch, eine Hauskatze. Mama in ihrer Rolle als Anstandsdame, Amedeo und ich, schwanger. Wir halten uns an der Hand. Ich möchte ihn zurückhalten, aber er geht fort. Nie weiß ich, wann er zurückkommt.

Seither spielt der Tod sein falsches Spiel. Er gebraucht übertrieben freundliche Worte, die nicht zu ihm passen.

Komm zu mir, Schätzchen.

Er ruft mich zu sich.

(3) Melancholie

Mein Körper auf dem Bett in der Rue de la Grande-Chaumière, unter einem Berg von Decken. Ein Priester ist gekommen, mir die letzte Ölung zu erteilen. Oder ist es Maldoror, der gekommen ist, sein Urteil zu fällen?

Ich habe nichts zu sagen, Herr, nichts zu beichten, um mich loszukaufen.

Die Soutane erscheint im Rahmen dieser Tür, die sich so oft hinter Amedeo geschlossen hat.

(4) Selbstporträt einer Selbstmörderin

Ein Stilett steckt in meinem Herzen. Blut tropft auf den schwarzen Pullover, den mir Mama gestrickt hat. So ergeht es auch Kleopatra, die nach dem Schlangenbiss nackt und bloß zurückbleibt.

*

Damit ist mein Bericht beendet.

Es gibt nichts mehr hinzuzufügen.

Ich hätte ein guter Maler werden können. JH, junger Künstler, dessen Initialen Neugierde wecken und einige Kritiken in *Le Temps* und *Le Figaro* hervorrufen, sodass die Sammler von San Francisco bis Moskau sich darum reißen.

Keine Zeit gehabt, Jeanne Hébuterne zu werden.

Ich bin nur das Tier, das kurz davor steht, niederzukommen. Ich weiß, was mich erwartet. Die Schmerzen bei der Geburt der kleinen Jeanne bleiben mir unvergesslich ins Gedächtnis eingebrannt.

Warum sich das ein zweites Mal antun?

*

Amedeos Zähne schlagen fortwährend vor Schüttelfrost gegeneinander. Sein Gesicht ist kalt, der Mund schmerzverzerrt, die Lippen blau, trotz des Feuers im Ofen und der Berge von Decken.

Ich halte seine Hand und betrachte ihn stundenlang, als ob ich mir auf diese Weise sein Gesicht, die Fältchen um die Augen, seine vollen Lippen, die dichten Wimpern und den matten Ton seiner Haut einprägen könnte.

Ich kühle seine Stirn mit frischen Tüchern.

Seine heitere Stimme, sein Wolfsgesicht, die Leidenschaft, mit der er mich liebte und quälte, all das ist verschwunden.

Er ist nur noch ein kleiner Junge, aller Kräfte beraubt, zusammengekrümmt in unserem Bett.

*

»Er muss in die Charité, Jeanne. Jetzt!« Chaim drängt mich. »Er wird krepieren. Jeanne, wach auf …«

Wenn er nur wegginge!

Ich decke Amedeo wieder mit dem Federbett zu. Das Türschloss zweimal verriegeln und niemandem mehr öffnen.

Sie schlagen mit der flachen Hand gegen die Tür, versuchen sie mit Fußtritten aus den Angeln zu heben und indem sie sich dagegen werfen. Foujita. Kisling. Zborowski. Ortiz de Zarate. Utrillo.

Mitten in der Nacht flüstert Lunia hinter der Tür: »Jeanne, sei vernünftig. Im Krankenhaus kann man ihn noch retten.«

Ich strecke mich neben Amedeo aus und nehme seinen verbrauchten Atem wahr. Mit leiser Stimme rezitiere ich Gedichte und flüstere sie ihm wie früher ins Ohr.

Wieder wird an unsere Tür geklopft.

*Geschrei der Hölle! Heulende und wimmernde Stimme! Der schreckliche Schwarm, getrieben vom Nordwind.**

Ich stelle mich tot.

*Auf Deine Schläfen tropft schwarzer Tau.***

* Victor Hugo, Die Dschinnen
** Georg Trakl, An den Knaben Elis

23. *Januar 1920*

Er schläft friedlich.

Er schläft gut, nicht wahr?

Sein Gesicht nähert sich meinem. Mit seinen scharfen Zähnen wird er mich zerfetzen, wie früher als Wolf.

»Du kennst den Unterschied zwischen dir und mir, Jeanne? Ich bin von meiner Mutter immer unterstützt worden, selbst als wir kein Geld mehr hatten und mein Vater in Konkurs gegangen war. Sie hat immer an mich geglaubt. Sie hat mich mit dieser bedingungslosen Liebe geliebt, die einen stark macht und dazu befähigt, aus seinem Leben das zu machen, was man möchte.«

Ich dagegen bin allein. Meine Eltern und mein Bruder haben sich von mir abgewandt. Sie werden mich vergessen.

André wird die Kurzwarenhandlung übernehmen und in dem Glauben, Talent zu haben, weiterhin sonntags schlechte Bilder malen. Er wird seinen Kindern erzählen, dass sie einst eine Tante hatten, die aber verrückt geworden ist und von der man nicht einmal weiß, in welchem Loch sie jetzt lebt. Sie sei völlig im Künstlermilieu aufgegangen und von diesem alten Juden aus Livorno zugrunde gerichtet worden.

*

Gegen Morgen reiße ich mich von Amedeo los.

Wie gerädert lasse ich das Atelier in der Rue de la Grande-Chaumière hinter mir, den Geruch nach Krankheit und

Tod, der von den Laken, den Wänden und der Haut meines Geliebten ausgeht.

Ich schließe die Tür nicht ab.

Sie werden ihn im Todeskampf auf unserem Nachtlager vorfinden, wie damals, als sie ihn zusammengekrümmt zwischen den Abfalleimern des Viertels aufgelesen haben.

Sie lachten über meinen armen, betrunkenen Geliebten.

Jetzt werden sie ihn beweinen.

Ich werde nicht mehr da sein.

24. Januar 1920

Chaim Soutine findet mich im Jardin du Luxembourg am Boden im Laub.

»Meschugge!«

In meiner geschlossenen Faust ein Rasiermesser. Der Schmutz in der Wunde vermischt sich mit meinem Blut. Er nimmt mir das Messer aus der Hand und wirft mir seinen Mantel über.

»Meschugge! Hast du an die Kinder gedacht?«

Er nimmt meinen Arm, und wir machen uns in kleinen Schritten Richtung Rue Férou zur Place Saint-Sulpice auf. Die Löwen des Brunnens spucken Eiszapfen aus, so spitz wie Dolche.

»Hast du an die Kinder gedacht?«

Weiter durch die Rue du Vieux-Colombier über den Carrefour de la Croix-Rouge. Dann gehen wir Richtung Seine über die Rue Grenelle und die Rue des Saints-Pères bis zur Charité.

Aber wovon spricht er nur?

*

Beengt durch den Mantel und beeinträchtigt durch die starke Wölbung meines Bauches, begebe ich mich auf diesen schweren Gang in das Leichenschauhaus.

Ich bewege mich durch den langen, weißgekalkten Flur vorsichtig voran.

Einen Fuß vor den anderen. Nur nicht hinfallen.

Ich ignoriere die helfenden Hände und das Geländer an der Zwischenwand.

Lasst mich in Ruhe, ich möchte mit ihm alleine sein.

Man lässt mich in Frieden.

»Ich bin Jeanne Hébuterne. Ich bin seine Frau«, sage ich zu einer Dame, die eine Schwesternhaube trägt.

Sie zeigt auf eine Bahre.

Dort liegt er.

*

Die sterblichen Überreste von Amedeo unter einem hellblauen Laken. Nur sein Kopf ist zu sehen.

Sein Gesicht voller getrockneter, blutiger Krusten.

Man hat ihn nicht geschminkt. Niemand hat daran gedacht, die Kosten dafür zu übernehmen, damit er zurechtgemacht wird, bevor man ihn in den Sarg legt.

Die Haare kleben auf seiner schmutzigen Stirn. Seine Haut ist kalkweiß. Bisher habe ich noch nie einen Toten gesehen. Ich trete näher heran.

Er stößt noch etwas hervor, aber wie ist das nur möglich? Niemand hört ihn außer mir.

»Ich dachte, du wärst eine Zigeunerin. Aber du bist nur eine Spießerin geblieben. Ich mag Huren, Modelle, die ein- oder zweimal mit mir schlafen und keine anderen Ansprüche stellen. Papa-Kinder sind mir zuwider. Solche, die so tun, als wären sie frei … Als hätten sie ihren goldenen Käfig verlassen.«

Ich weiche zurück, unfähig, das Gesicht, das nicht mehr das seine ist, ein letztes Mal zu küssen.

»Kein Abschied, kein Kuss, *principessa*?«

Ich wende mich ab.

»Bleib, meine Schöne. Verzeih mir, dass ich es niemals verstanden habe, dich so zu lieben, wie du es verdientest.«

Ich gehe fort.

»Lass mich nicht allein mit dem Tod, meine kleine Fee. Ich glaube, ich habe ein bisschen Angst ... Ich habe ein bisschen Angst, mich ohne dich auf diesen Weg zu begeben.«

*

Was wird mit seinem Körper in einigen Tagen geschehen?

Und seine Stimme? Ich höre ihn nicht mehr zu mir sagen: Meine geliebte, begehrenswerte Jeannette, komm zu mir, küss mich, lass dich gehen bei mir.

Ich nehme seine Liebesschwüre nicht mehr wahr. Seltsam, wie die Stimme der Toten von einem Moment auf den anderen für immer verstummt.

*

Ich verlasse die Charité durch den Haupteingang. Schwere Beine, steifer Nacken. Der Schnee knirscht unter meinen Schuhen und die Strümpfe werden feucht von schmutzigen Spritzern.

Alle warten auf dem Vorplatz.

Leopold Zborowski, Pomade in den glatt nach hinten gekämmten Haaren, hat einen Smoking mit Fliege an. Er umarmt Kiki, die ein langes Paillettenkleid mit tiefem Rückenausschnitt trägt. Sie weint, küsst Kisling im Dreiteiler, der seinerseits den ebenso distinguiert gekleideten Manuel Ortiz de Zarate in die Arme nimmt.

Sie jammern und klagen, dass Gevatter Tod ihnen ihren Aristokraten genommen hat. Er hat uns den Fürsten der

Finsternis geraubt. Jedes seiner Bilder ließ unsere Herzen höher schlagen.

Ein langer Zug gut gekämmter, wohlriechender Freunde in Anzügen versammelt sich auf dem Gehweg vor dem Krankenhaus: Matisse, Cendrars, Cocteau, Satie, Jacob, Breton, Brancusi. Auch Utrillo erscheint sauber und elegant. Seit er seine Bilder gut verkauft, lässt er seine Anzüge nach Maß von einem Schneider am Boulevard Malesherbes anfertigen.

Selbst Picasso ist gekommen, der inzwischen aufgehört hat, voller Verachtung Bosheiten über »das figurative Werk des Itakers« zu verbreiten. Er trägt ein weißes, frisch gebügeltes Hemd und eine rote Rose im Knopfloch. Er schwört: Niemals habe er ein von seinem Freund signiertes Porträt mit einem Stillleben übermalt. Diese Geschichte wurde an einem feucht-fröhlichen Abend erzählt und immer wieder zitiert, um die Legende seiner Geringschätzung am Leben zu erhalten. Niemals hätte er so etwas getan und außerdem male er seit Ewigkeiten keine Stillleben mehr, seit er mit Braque und Gris Körper und Objekte in ihre Bestandteile zerlegt. Muss er sich jetzt am Tag der Beerdigung noch rechtfertigen? Das Porträt von Modigliani – ein kleiner blau gekleideter Schüler – ist ihm zwischen zwei Umzügen abhanden gekommen. So etwas kommt vor und an einem solchen Abend macht man sich eben Vorwürfe.

Es wäre eine schöne Erinnerung an ihn gewesen und sein Wert auf dem Kunstmarkt wird unvermeidlich steigen. Es ist immer dasselbe: auf Erden arm, reich im Paradies.

Die Freunde haben sich gegenseitig benachrichtigt: Der Maestro ist von uns gegangen, der Maestro hat uns verlassen, der Maestro wird nicht wiederkommen. Erweisen wir ihm die letzte Ehre.

Hanka Zborowska und Lunia Czechowska kommen im eleganten Abendkleid, selbst die Frau im Nerz, die vom Karneval 1917, ist heute Abend besonders schön in einer Herrenhose aus hellrotem Samt. Ihre Wimperntusche läuft vermischt mit ihren Tränen in schwarzen Streifen über ihre Wangen.

Lunia ist die Einzige, die noch Notiz von mir zu nehmen scheint. Sie gibt mir ein kleines Zeichen mit der Hand.

»Er hat dich nicht geheiratet, aber du wirst seine letzte Frau bleiben ... Für immer seine letzte Frau.«

Für die anderen bin ich unsichtbar.

Soutine hält sich fern von diesem Kreis schluchzender Trauernder. Er sieht stark mitgenommen aus, zerlumpt und schmutzig wie ein Clochard.

Er boxt gegen die Außenmauer der Charité. Mit blutigen Fäusten schlägt er immer wieder darauf ein.

»Mieser alter Schmock.« Er nimmt Anlauf und schlägt seinen Kopf gegen das Gemäuer. »Wenn ich dich erwische, lasse ich dich rohes Kamel fressen. Ich werde der Dolch sein, der dir den Rest gibt!«

Er sinkt auf dem Gehweg in sich zusammen. »Mir ist nicht einmal mehr nach Reimen zumute.«

Er zieht seine Pistole hervor und fuchtelt kraftlos damit herum. »Dass mir niemand zu nahe kommt! Ich bin müde! Modi wird mir in meinen Albträumen begegnen.«

Er schließt die Augen und springt plötzlich mit einem Satz auf. »Ich brauche zehn Männer. Sofort zehn Männer für das Kaddisch!«

*

Papa ist da.

Seit ich durch die Tür getreten bin, hat er mit keiner Geste, keinem Blick, keinem einzigen Wort Mitleid mit mir bekundet.

Ich warte darauf, dass Amedeo mich abholen kommt.

*

Zborowski hat ein Telegramm von Emanuele bekommen.

Sorgt für Blumenschmuck, veranlasst alles Notwendige, werden dafür aufkommen. Dank im Voraus.

Kein Wort an mich, als ob ich nie existiert hätte.

*

Die Freunde essen belegte Brote, Gürkchen und entkorken Weinflaschen. Sie rauchen.

Sie werden lange aufbleiben, vielleicht die ganze Nacht. Sie werden Unsinn reden, sich beglückwünschen und sagen: »So begleitet man die Seele eines großen Mannes auf dem Weg in den Himmel. Er ist Henri Rousseau und Apollinaire gefolgt. Er wird sich da oben prächtig amüsieren. Gott erwartet ihn mit gut gewürzter *Pasta all'amatriciana* und einem ordentlichen Liter herbem Rotwein und dann *Lechaim!* Hierher Freund, hier gibt's Mädchen.«

Sie fangen an zu lachen und trällern wüste Lieder.

Ah! le bel oiseau, maman,/Qu'Alain a mis dans ma cage! …

Kiki improvisiert einen Bauchtanz und danach einen Flamenco. Olé! Man klatscht Beifall.

Je m'enhardis car jamais que je sache/Je n'ai baisé d'homme à moustache …

Soutine schwelgt in Erinnerungen: »Als wir uns mit den Schmierfinken am Théâtre de la Gaîté geprügelt haben ... Hébuterne auf dem Boulevard Saint-Michel entführten oder als wir uns vor Rosalie auf dem Gehweg übergeben haben ... Sie hat vielleicht vulgär herumgeschrien! Und unsere Ausflüge in den Katakomben ... Reichlich Alkohol, auf das Wohl der Toten!«

Papa murmelt in seinen Bart: »In deinem Zustand bleibt man nicht bei solchen Leuten. Man geht nach Hause und legt sich hin.«

Ich lasse mich von ihm in die Rue Amyot mitnehmen.

Auf dem ganzen Weg dorthin fällt kein einziges Wort.

*

Schwarze, schmutzige Straßen. Keine Menschenseele.

Papa hält meinen Arm fest, als ob er Angst hätte, dass ich wieder weglaufen könnte, dass ich hochschwanger mit Karacho losrennen würde. Aber wohin?

Bald wird unser Atelier in der Rue de la Grande-Chaumière geräumt sein. Leopold Zborowski wird einen Koffer voller Erinnerungen nach Livorno schicken. Hier sind die letzten Zeichnungen Ihres Sohnes, Madame Garsin, seine Hemden, ein Schal, der noch nach ihm riecht, seine Pinsel und einige Fotografien. Auf Bitten seines Bruders Emanuele haben wir seinen Sarg mit Blumen geschmückt. Er ist als Fürst gegangen, als er anfing, berühmt zu werden.

Leopold wird den Mietvertrag auflösen oder das Atelier einem anderen seiner Schützlinge anbieten.

Und ich? Was wird aus mir?

Wir betreten unsere Wohnung. André sitzt mit dem Rücken zum Eingang im Esszimmer. Verspannter Nacken, das Gesicht in den Händen vergraben. Er schüttelt den Kopf. Ich wünschte, er stünde auf und sagte, Jeannette, vergessen wir die ganze Geschichte.

Aber er dreht sich nicht um.

Ich betrete unser Zimmer, schließe die Tür hinter mir, ziehe meine Stiefel, meinen Mantel und mein Kleid aus. Man erstickt hier. Ich öffne das Fenster.

Die Unterhaltung hinter der Wand dringt nur gedämpft an mein Ohr. Sie sitzen mit meinem Bruder zusammen.

Mama ringt die Hände. Papa und André sprechen ... über was? Über wen?

»Sie kommt in einigen Tagen nieder. Man muss ihr das Baby wegnehmen. Sie ist nicht in der Lage, sich um ihre Kinder zu kümmern.«

»Sie hat da nichts mitzureden, ich empfinde keinerlei Mitleid, nur Wut und diesen Hass. Dieser Hass ist nicht das finstere Gegenstück zu meiner Liebe, nein.«

»Das ist nicht barmherzig.«

»Das zweite Baby werden wir zu den Nonnen bringen, keine Diskussion. Da wird es glücklicher sein, wesentlich glücklicher als diese arme kleine Jeanne, die herumgeschleppt wird zwischen der Bande von Verrückten und einer Pflegemutter, ich weiß nicht wo im Loiret. Man müsste diese Dame übrigens für ihre guten Dienste bezahlen und zusehen, was man mit dem Kind macht.«

»Vielleicht nach Livorno, sie werden es haben wollen. Es sieht so aus, dass er einen Bruder hat und dass die Mutter noch lebt.«

Ich strecke mich auf dem Boden aus.

»Und dann müssen wir sehen, wie es mit unserer Jeanne weitergeht. Wir können sie nicht hier behalten, sie würde weglaufen und sich mit einem anderen Mann einlassen, hör auf zu weinen, Eudoxie, schau der Wahrheit ins Gesicht, unsere Tochter ist eine Herumtreiberin. Hör ein bisschen darauf, was die Nachbarn sagen: Diese bösen Zungen und der Abbé Quaillet, der uns verurteilt. Wir waren so freundlich und naiv und wo hat es hingeführt? Ihre und unsere Ehre ist in den Schmutz gezogen. Ein Aufenthalt bei den Nonnen wird ihr guttun, ein langer Aufenthalt, nicht wahr, sie werden ihr den Kopf zurechtrücken und vielleicht wird sie schließlich den Weg zu Gott finden.«

25. Januar 1920

Ich bin für einige Stunden auf dem Fußboden eingeschlafen.

Mein Körper fühlt sich schwer und erschöpft an.

Die Winterluft dringt durch das weit geöffnete Fenster ins Zimmer herein.

Ich gehe zum Fenster und beuge mich hinaus.

Auf dem Pflaster liegt ein Teppich blütenweißen Schnees.

Mit steifen Fingern klammere ich mich an dem rauen Stein der Brüstung fest. Im Laufe der Nacht hat sich eine dünne Schneeschicht gebildet. Das Ticken der Uhr bestimmt den Rhythmus, mit dem ich mich über dem Abgrund vor- und zurückbewege.

Werde ich schreien?

Angeblich schreit man.

Vier Uhr morgens

Was werden sie der kleinen Jeanne erzählen?

Ein Foto von mir im selben Alter in einem lackierten Holzrahmen steht auf dem Nachttisch meiner Eltern. Ein hübsches, wohlgenährtes, lächelndes Baby von fünfzehn Monaten mit einem weißen Spitzenhäubchen auf dem Kopf.

Sie wird sich an gar nichts erinnern.

Was werden sie ihr sagen?

Vier Uhr dreißig

Mein Bruder ist ins Zimmer gekommen und zu Bett gegangen.

Papa hat ihn darum gebeten, die ganze Nacht auf mich aufzupassen.

Doch er ist eingeschlafen, er atmet leicht mit halb offenem Mund.

»André?«

Er liegt auf dem Rücken. Man könnte meinen, er schaut mich an. Aber seine Augen sind fest geschlossen. Seine Barthaare zittern leicht.

Schläft er wirklich oder tut er nur so?

Ich habe ihn diese Nacht mehrfach angesprochen.

»André, André ... Antworte mir, André.«

Ich wäre so gerne in unser früheres Leben zurückgekehrt. In die Zeit unserer Kindheit, als er mir ein Armband aus Gänseblümchen bastelte und mir immer zur Seite stand. Ich bin auf den höchsten Ast des Feigenbaumes geklettert und er sagte zu mir: Hab keine Angst, ich bin da. Spring, ich fange dich auf. Los! Spring!

Ich hinterlasse ihm einen Brief und alle meine Hefte.

Meine Bilder sind noch in der Rue de la Grande-Chaumière.

Ich gehe, Bruder.

*

André,

ich hätte gerne geschrieben »Mein liebster André«, »Mein innig geliebter Bruder«, »Mein Bruder-Schatz«, aber ich bringe es nicht mehr über mich.

Du reagierst nicht auf meine Rufe. Du ignorierst meinen Schmerz. Deine nächsten Mitmenschen sind Dir gleichgültig geworden, seit Du von den Hügeln des Argonnerwaldes zurückgekehrt bist.

Beim Aufwachen wirst Du meinen Brief vorfinden.

Die kalte Morgenluft wird sich durch das weit geöffnete Fenster in unserem Zimmer ausbreiten. Vielleicht wirst Du im Tiefschlaf das Schlagen der Fensterläden gegen die Brüstung hören. Ich werde nicht mehr da sein.

Auf den Tisch aus rohem Holz, der seit unserer Kindheit zwischen unseren Betten steht, habe ich neben Deine Bibel meine Spiralblöcke gelegt.

Als Du schon zwei Jahre an der Front warst und Deine Urlaube immer seltener wurden, habe ich angefangen, darin Ereignisse und Gefühle, die mich beschäftigten, festzuhalten.

Werden sie Dir helfen, mich zu verstehen?

Verurteilt hast Du mich ja schon.

Hol meine Zeichnungen und Gemälde aus dem Atelier in der Rue de la Grande-Chaumière ab. Niemand außer Dir wird sich dafür interessieren.

Zum Schluss habe ich folgende Bitte an Dich: Beerdige mich an seiner Seite. Ein ganz einfaches Grab, aber ich flehe Dich an, neben ihm, damit meine Seele nicht allein in alle Ewigkeit auf der Suche nach der seinen herumirrt.

Ich gehe jetzt.

Jeanne

*

Ich klettere auf die Brüstung.

Ich rufe nach Amedeo.

Nichts, außer tiefem, tiefem Schweigen.

Niemand wird den rauen Schrei derjenigen hören, die herabstürzt.

Ich bin allein, ganz allein.

Letzter Nachhall.

Ich kauere mich hin.

Mein Herz, mein Blut, alles ist erstarrt.

Mein Körper ist wie schwerelos.

Ich bin nur noch diese seltsame, in Blei gegossene Skulptur mit hoch aufgewölbtem Bauch, wie jene, die Amedeo Modigliani, mein Geliebter, in jungen Jahren in Stein hauen wollte.

Epilog

Frühmorgens am 25. Januar 1920 fand ein Arbeiter Jeanne Hébuterne auf dem Pflaster im Hof der Rue Amyot 8 bis. Der Kopf der jungen Frau lag in einem Kranz von scharlachrot gefärbtem Schnee. Ihre rechte Hand ruhte auf ihrem gewölbten Bauch.

Der Mann sah das offene Fenster im 5. Stock, hob den zerschmetterten Körper hoch und lief die fünf Etagen hinauf. Auf dem Treppenabsatz angekommen, keuchte er und rief laut. Seine Arbeitskluft war voll vom Blut der im neunten Monat schwangeren Jeanne Hébuterne. Mehrfach trat er mit dem Fuß gegen die Tür. »Machen Sie auf!«

Er hörte Stimmen, das Geräusch von Schritten und raschelndem Stoff. Aber niemand antwortete ihm.

»Machen Sie auf!«

Mehrere Minuten danach erschien André in der Tür. Er fixierte das zerfurchte Gesicht des Unbekannten, dann den verrenkten Leichnam seiner Schwester in dessen Armen. Er stand da mit unbewegtem Gesicht und zeigte keinerlei Gefühlsregung. Nur von seinen bleichen Lippen kam der Hauch eines Gebetes: *Kyrie eleison, Christe eleison, Kyrie eleison, Kyrie eleison, Christe eleison, Kyrie eleison …*

Hinter ihm erschien der Schatten einer alten Frau, die aufseufzte.

Dann betonte André mit Grabesstimme: »Diese Person wohnt nicht hier.«

André befahl dem Arbeiter, den Leichnam »zu dem kleinen Juden« zu bringen, und schrieb ihm die Adresse auf ein

Blatt Papier mit dem Briefkopf der Kurzwarenhandlung *Achille Hébuterne.*

Der Mann stieg die fünf Etagen wieder hinunter, legte den Leichnam auf seinen Handkarren, überquerte die Rue d'Ulm, dann die Rue Gay-Lussac im Sturmschritt. Er ging am Val-de-Grâce, über den Boulevard Saint-Michel, an der Statue des Marschalls Ney vorbei und entlang der Freiflächen der Rue Notre-Dame-des-Champs.

Da er seine Arbeit am Vormittag versäumen und deswegen nicht den vollen Tageslohn erhalten würde, zögerte er einige Sekunden lang und erwog, den Leichnam hinter einen Zaun zu werfen. Sollte sich doch ein anderer darum kümmern. Doch er schämte sich, und obwohl er am Sonntagmorgen nicht mehr die Messe besuchte, sondern lieber mit Kollegen einen trinken und Rommé spielen ging, fürchtete er sich vor dem Zorn Gottes. Deshalb setzte er seinen Weg zur Rue de la Grande-Chaumière fort. Als er an der von André Hébuterne angegebenen Adresse ankam, verweigerte ihm die Hausmeisterin den Zugang.

Er entfernte sich mit seiner Karre und der Toten und kam einige Stunden später mit einer polizeilichen Genehmigung zurück. Er legte den Leichnam auf einem Teppich im Atelier ab und deckte ihn mit einer Wolldecke zu. Bevor er ging, küsste er die eiskalte Stirn. Dann bekreuzigte er sich.

Am 27. Januar 1920 wurde Amedeo Modigliani wie ein Fürst auf dem Friedhof Père-Lachaise beerdigt. Eine dicht gedrängte Menge begleitete den blumengeschmückten Leichenwagen. Polizisten in Habachtstellung, Soutine, Cendrars, Picasso, Kisling, Vlaminck, Zborowski ... Jeder, bekannt oder unbekannt, beugte sich vor, um eine rote Rose in das offene Grab zu werfen.

Auf dem Grabstein aus Carrara-Marmor war zu lesen:

Amedeo Modigliani
Pittore
Nato a Livorno il 12 luglio 1884
Morto a Parigi il 24 gennaio 1920
Morte lo colse
Quando
Giunse alla gloria *

Dann tranken seine Freunde – die Maler, Kunsthändler, Modelle und seine ehemaligen Mätressen – Weißwein, Chartreuse, Whisky und Rum auf das Wohl seiner Seele.

Am nächsten Morgen wurde Jeanne sang- und klanglos auf dem Friedhof von Bagneux ohne Blumen und Kränze beerdigt.

Auf dem Grabstein keine Inschrift.

Es war am frühen Morgen und noch stockdunkel.

Achille und Eudoxie hielten Abstand vom Grab.

André sprach kein einziges Gebet für die Verstorbene.

* Amedeo Modigliani, Maler, geboren am 12. Juli 1884 in Livorno, gestorben am 24. Januar 1920 in Paris. Der Tod ereilte ihn, als er gerade berühmt wurde.

Die Originalausgabe erschien 2017 unter dem Titel
Je suis Jeanne Hébuterne
bei Éditions Stock, Paris

1. Auflage 2018

Aus dem Französischen von Judith Petrus

Umschlaggestaltung: Lisa Neuhalfen, moretypes Berlin
Umschlagfoto: © Interfoto/Classicstock/H. Armstrong Roberts
Satz: Birgit Cirksena · Satzfein, Berlin
Druck und Bindung: GGP Media GmbH, Pößneck
ISBN 978-3-86915-157-1

www.ebersbach-simon.de